# 红莓花儿开

## 相 簿 里 的 家 国 情 缘

李英男 著

山东画报出版社

图书在版编目（CIP）数据

红莓花儿开：相簿里的家国情缘／李英男著. —济南：山东画报出版社，2019.9
ISBN 978-7-5474-3225-9

Ⅰ.①红… Ⅱ.①李… Ⅲ.①回忆录—中国—当代 Ⅳ.①I251

中国版本图书馆CIP数据核字（2019）第156771号

红莓花儿开：相簿里的家国情缘
李英男 著

责任编辑 秦 超 梁培培 姜 辉
装帧设计 李 娜

出 版 人 李文波
主管单位 山东出版传媒股份有限公司
出版发行 山东画报出版社
社 址 济南市市中区英雄山路189号B座 邮编 250002
电 话 总编室（0531）82098472
市场部（0531）82098479 82098476（传真）
网 址 http：//www.hbcbs.com.cn
电子信箱 hbcb@sdpress.com.cn
印 刷 北京华联印刷有限公司
规 格 148毫米×210毫米 1/32
7.5印张 106幅照片 150千字
版 次 2019年9月第1版
印 次 2019年9月第1次印刷
书 号 ISBN 978-7-5474-3225-9
定 价 68.00元

妈妈带我（左）和妹妹雅兰在颐和园散步。

1956年冬

我是一个有俄罗斯情结的中国人。

李英男

# 序　一

2007年9月，在俄罗斯“中国年”的一项重要活动，即以中国为主宾国的第二十届莫斯科书市上，我邂逅了一位精神奕奕、美丽端庄、大气英气志气焕发的女士，她担负着为出席书市活动的一批中国作家充当翻译的工作。与一般侧耳倾听，拼命捕捉语义、苦思冥想对方语言的对应互通路径的译员的吃力的举止与表情不同，她显得游刃有余，乐在其中，对于中俄的书籍交流、文学交流、人员交流，她非常享受，非常欣赏，她表现出的是胜任感、满意感、成就感，还有一种自若感。俄罗斯科学院远东研究所的汉学家、老友托罗普采夫马上告诉我说：“她是李立三的女儿。”

我把有关信息告诉了同行的作家迟子建，迟子建也立即表达了他对李英男风度丰采的赞美。

李立三不陌生，1950年年底，我在中央团校二期就学时，听过李立三同志关于中国工人运动的报告，他的大名，他的朴素与认真的讲演，他的诚挚与沉思态度，他的对于事业与人民的信赖，都给我以及广大学员留下了深刻印象。党史的学习当然也绕不开李立三这个人。半个多世纪以后，在莫斯科，我又有机缘与他的这位杰出的大女儿李英男相遇，我还得知李英男教授的母亲是苏联人，是李莎同志。

中国共产主义运动的最早的代表人物之一，革命的领导人，李立三，我生也晚，几乎可以想象到他们的理想主义，他们的艰苦探索，他们的风风雨雨，他们的千锤百炼。而他们的跨国婚姻，更是历史的壮阔波澜与惊涛骇浪的大画卷里的动人风景。可以想象他们的伟大追求，可以想象他们的千难万险。可以想象他们的超常的宽阔视野与幸福充满，也可以想象他们碰到的旁人想不到的严酷考验。

后来我们有机会有更多的接触，我到过他们的家，英男也到过我与家人居住的地方。我喝过英男亲手做的红菜汤，他们也吃过中国作协北戴河创作之家的烤羊腿。我给他们唱过俄语的《遥远啊遥远》，英男的外甥立即判断我学过俄语，其实我没有学过几句。与英男的先生，莫斯科师范大学的俄罗斯文学教授阿格诺索夫我们也有过很好的交流。李莎同志的回忆录由我荣幸地为之写序，我还参加了李莎教授与李英男教授工作的外国语大学举行的李莎的祝寿会议。

在 2019 年，光明日报社与塔斯社联合举办的“中俄互评人文交流领域十大杰出人物”的活动中，我与李英男都在俄方评出来的榜上有名，我很高兴，祝贺我们成为同榜“进士”。进士，就是促进友好交流的正能量人士吧。前不久，英男告诉我，她的《红莓花儿开——相簿里的家国情缘》一书正要出版，要我写几句话，我更荣幸了。这本书以口述故事的形式，回顾了一个跨国家庭的日常生活、一个混血孩子的成长过程，描述了家庭范围内从文化碰撞走向文化融合的经历。两国之间的忽冷忽热、由反目转为和好的历史变迁直接影响到千千万万的人、千千万万个家庭，使我们懂得了和睦的价值、友谊的珍贵。她的故事独特而又生动，她的感慨深刻而又诚挚，读之动容，思之唏嘘不已。这样的故事帮助我们扩大视野，开阔心胸，大有助于人类命运共同体的愿景。我为一切有利于中俄友谊，有利于中俄文化交流、中外文化交流的经验而欢呼，我借此感谢俄罗斯友人对我的厚爱，借此表达对李英男教授与她的全家的敬意、怀念与祝福。

著名作家 王蒙

# 序　二

回眸岁月峥嵘、浪涛汹涌的20世纪，其历史画面不仅由改变世界的划时代事件、也由诸多相互交错的个人命运所构成。一滴水能反照周围万物。一个人、一个家庭的生活能反映历史的重大转折，成为历史变迁照射下的家庭史诗。

本书作者李英男女士是令人尊敬的俄语教授，当代中国的社会活动家，她培育了好几代中国的俄语人才和俄罗斯的汉语人才。从她的出生背景来讲，她是有俄罗斯血统的中国人，是中俄两国人民的女儿。有些俄罗斯朋友按照我们的习惯称呼她为“英娜·立三尼耶夫娜”，年纪大些的直呼为英娜。

李英男出生在莫斯科，是中国著名革命家、新中国创建者之一李立三的女儿。这本书于今年，恰逢中华人民共和国诞辰70周年之际问世，李英男也可以说是共和国的同龄人，一直和千千万万中国同胞们同命运、共呼吸。在本书中，她推心置腹地讲述了她如何意识到并认同自己为中国人的故事，这是发自肺腑的最感人的一个篇章。李英男的母亲丽萨·基什金娜，一位真正的俄罗斯女性，一生中对其夫婿忠贞不移，也为培育自己的两个女儿注入了很多的心血。李英男继承了母亲的事业，和母亲一样成为教师、教育家。丽萨·基什金娜跟随李立三，带着女儿来到中国后，改名为李莎，并在后半生中一直用的是这个名字。她的百岁之路令人肃然生敬。李莎实际上成为当代中国俄语教学的创始人之一，培养了一代又一代精通俄语的中国及其他国家（例如越南）的外交家。

我本人在中国工作了许多年，其间也担任了我国驻华大使这一职位。我对中国的同行，俄罗斯、东欧、中亚事务专家们怀有真诚的钦佩之感，无论是资深外交家、中国驻外大使，还是年轻外交官，他们所有人都能讲流利的俄语。整体来说，中国的俄语领域，包括专业翻译、文学翻译、语言文化研究、俄语教学法等，水平相当高，具有丰富的历史传统和创造性氛围。

今天，中国上百所大学和许多中学都在教授俄语。每年有两万多名留学生前往俄罗斯，大部分人也都专门学习俄语。与此同时，有几千名大学生从俄罗斯各地来中国学习汉语。前不久在我国，汉语被定为中学毕业生升学统考的一门外语课程。

中国人掌握俄语，俄罗斯人掌握汉语，不单单有了沟通工具，而且也修建了民心相通的重要桥梁。李英男教授长期以来在中俄教学领域中辛勤耕耘着，传承了先辈的终生事业。我愿在此向她表达深厚的感激之情。相信《红莓花儿开——相簿里的家国情缘》一书定会受到中国和俄罗斯读者们的青睐。

俄罗斯联邦驻华大使

安·伊·杰尼索夫

# 目　录

# 最早的记忆

1943 年 8 月，苏联卫国战争正经历着激战犹酣的阶段，我在莫斯科呱呱坠地。我的父亲是中国人，在苏联用的名字是李明。母亲是俄罗斯人，原名叫丽萨·基什金娜。

1944 年，我 9 个来月的时候照了人生中的第一张照片。在这张照片上，我完全是一个中国小孩子，头发黑黑的，脸和眼睛都是圆圆的。拍摄这张照片还有一个故事呢！后来妈妈告诉我，有一天我父亲突然间急急忙忙想起来，孩子都这么大了，早就出了百日了，还没给她照相呢，抱起我来就往外跑。跑到照相馆，父亲才发现我的一只小鞋掉在半路上了，所以这张照片上，我有一只脚穿着小鞋，另一只脚是光着的。妈妈后来还有点责怪爸爸，说你怎么那么粗心大意，鞋子都丢了，而且照相的时候，也没有把衣服好好地给孩子整一整。不管怎么样，照片是留存下来了，我觉得这张照片还是很珍

9 个月大的我。

贵的，因为这是我一生当中最早的照片。

父亲 1946 年离开莫斯科回国的时候，我还没有多少记忆，妈妈从 1946 年春天开始，一直在争取到中国和父亲团聚。可我妈妈很多亲友都替她担忧，说你怎么会有这种念头？我们这边刚打完仗，刚刚过上和平的日子，你又马上要走了，要跑到炮火连天的地方去，还想把孩子带过去，那怎么行？我妈妈坚决地说："没关系，在中国有成千上万的孩子都是这么生活的，我把孩子带过去，也跟中国孩子在一起。"

正是在这个阶段，我留下了一段最早的记忆，而且是很有意义的。那大概是1946年9月初，哈尔滨来人了，来的是著名的将领罗荣桓和他的夫人。他们给妈妈捎来了爸爸的信，妈妈就带着我去他们下榻的莫斯科饭店。这是当时莫斯科市最高级的酒店之一，而且它的位置也非常好，就在红场旁边。那天恰恰是战胜日本军国主义一周年纪念日，红场上在举行大规模的庆祝活动和焰火晚会，我们晚上正好在莫斯科饭店看到了这一场景。我回忆当时的场景：大人把我领到阳台上，抱起来，我看到了红场全景。广场上人头攒动，人山人海，远处传来千万人的欢乐声音。天色已经很黑，但广场周边有许多探照灯射出白晃晃的光柱，划破漆黑的夜幕。突然间，我听到轰隆隆的巨响，那是克里姆林宫墙外的礼炮声，红色、绿色的礼花腾地升起，照耀了天空。我目不转睛地看着这些漂亮的礼花，但印象最深的还是高空中飘浮的斯大林的巨幅画像。在探照灯的照耀下，我看到斯大林穿着大元帅的军装，胸前挂着很多的勋章。这是我永生难忘的第一个记忆。

在这之后不久，妈妈就获得批准，带着我坐上了前往哈尔滨的火车。临走的那一天马上就要出门了，她就在家里抱着我照了一张相。和她在一起的还有特地来送别的她的大侄子亚历山大。现在我看着妈妈那张照片上的表情，觉得她的脸上充满着期待，虽然也有一丝的不安，但更多的是对未来生活的憧憬，以及和爸爸团聚的期待。我瞪着大眼睛向前看，

妈妈和她的侄子亚历山大（右 1）。

似乎还不太懂事，也不知道准备去哪里。妈妈只告诉我，很快就能见到爸爸了。

当时还没有直达列车，我们换了两次车，走了十来天，才来到哈尔滨。我还隐隐约约地记着窗外西伯利亚大森林美丽的秋色，也记得抵达苏联边境小镇奥得堡（20世纪50年代改名为后贝加尔）的情景。妈妈和她的同路好友林利、孙克英（孙维世）去找边境人员询问情况，让我自己坐在行李上“留守”。妈妈给我说了一声：“乖孩子，坐一会儿，我们很快就回来。”三岁的我环顾四周，只觉得木板搭的站台又长又空，长得几乎望不到头，周围连一个人都没有，我心里挺害怕的，想哭又不敢出声。妈妈后来告诉我说，当她不久回来的时候，我两眼已经满是泪水了。

经过一些坎坷，我们终于跨过边界，进入中国国土。到了哈尔滨那天，记得爸爸是在家门口迎接我们的。他穿着黄绿色的那种军人大衣，头顶六角帽，抱起我来特别的亲切，而且在我的眼中他又显得那么有力，那么高大，我简直是说不出来的高兴，终于重新见到我的爸爸了！

# 难忘的1949年

1949年2月北平解放。此后不久，我们家就从哈尔滨动身搬到恢复原名的古都北京来了。那时候这段路程还是相当漫长的，我还有点印象，好像我们在火车上睡了两三夜，才从哈尔滨到达北京。一路走走停停，因为当时还在战争期间，有一些路段遭到破坏，正在修复中。我还记得，从车窗往外看，有不少地方一群人都忙着修铁轨或重新架桥。这样当然在路上的时间比较长，火车走得又很慢。记得我们到达北京的时候，天已经黑了。我们从老北京火车站走出来，坐上汽车，沿着黑黑的道路往前驶去，不久就到了离火车站不远的东交民巷，住进了里面的一个饭店。这个饭店的名字还是很老的，叫作六国饭店，新中国成立以后改名叫国际饭店了。我们在那里安顿下来，住了一段时间，大概过了一两个月，又搬到香山去了。那时候中央已经进驻北京，但还没有进城里，而是住到香山了。香山有很多老别墅、老房子被中央机关用了起来。记得当时我们从城里去香山，一般坐的都是军用的吉普车。出了西直门往外走，马路非常窄。如果两辆车迎面相遇，是很难绕开的。幸亏那时路上的汽车很少，基本上都是一些马车、驴车，有时候还能看到骆驼队，跟现在是大不一样了。

我们家住进香山一座古老的、用石头砌的房子里，大概是两三间屋。现在那一群老房子早就被拆除不复存在了。当时香山的环境跟现在也很不一样，没有经过多少的整治，都是一些老树，树下长着很多野草，树上偶尔还能看到一些松鼠。我特别喜欢看那些小动物，它们在树枝上跳来跳去，有时候还跳下来，在小道上找食物。我们住的房子附近有一条沟，夏季下起瓢泼大雨的时候，山上的雨水哗哗地冲下来，像小瀑布似的。

妈妈到了香山后，也没有闲着。记得她给中央机关的一些工作人员，可能是翻译吧，给他们上俄语课，一起读一些苏联文学作品。她喜欢带着我走一走，包括上课的时候。上课都是露天进行的，她带上我，我就在旁边玩，一边玩一边听他们在讲什么、读什么。

正好在香山我度过了六岁的生日，就在那一天可以说发生了一个小小的奇迹。在这之前，我三四岁或是四五岁的时候，妈妈就开始教我认俄文字母。我较快地记住了，33 个字母都记得挺牢，但不知道为什么总是不会拼音、拼读，不会连读单词，遇到了莫名其妙的困难，妈妈有些着急。结果在过生日的那天早上，我醒来就发现屋里的桌子上摆着一些小礼物，好像是有娃娃，有几本儿童书，桌旁还有一辆小自行车，是三轮车。我高兴极了，马上跳下床跑过去，仔细一看，每件礼物都有一张小纸条，上面用俄语写着是谁送的：爸爸送的、妈妈送的，还有当时已经和我们住在一起的姥姥送的。我立马读下来了，而且是大声在那儿朗读。妈妈听到了，不知有多么高兴，这也可能是赠予她的一个礼物吧。

从那以后我就经常读俄语书，与此同时也开始认了一些汉字。但是汉字比较复杂，一下子不可能认那么多，只认了一些简单的汉字。除了一般孩子所学的“人”“工”“手”等简单的汉字，当时我记得比较清楚的就是“中国”两个大字，还有中共中央，因为有时候在爸爸的桌上放着一摞摞信纸、信封什么的，上面有几个大红字，写的就是“中共中央”。但是内容我不知道是什么，也看不懂。另外，给我留下深刻印象的就是爸爸送给我的一个拼图。这个拼图就是咱们中国的地图，三十几个省份，可以一边玩一边掌握中国的地理和省份的构成。我记得最清楚的就是湖南，因为爸爸经常提到湖南是他的家乡，也算是我的籍贯。

住在香山的那几个月，我印象最深的就是第一次见到了毛主席。父亲借着我们家住在香山的机会，把妈妈介绍给各位老同志，让他们也能见见我妈妈。在此之前，他已经跟很多人讲过他和妈妈的婚姻故事，还有妈妈在苏联怎么支持他、帮助他的故事，现在他就决定带妈妈去见毛主席。那天妈妈把我也拉过去了。我妹妹还小，还不能参加这类的活动，我就跟着大人去了。毛主席当时住在双清别墅，这个地方现在大家都很熟悉，因为是毛主席的故居之一，对外开放。后来我们和妈妈又去过好几次，妈妈每次都要回味当年的情景。1949 年的那一天，我们走进双清别墅，穿过院子进到屋里。这栋房子没有多大的门厅，我们迈过门槛，就直接进到客厅里了。客厅的摆设很简单，其实当时几位领导人住的地方都是很简朴的，用的都是一些老家具。毛主席的客厅也只有一个老式大沙发、一个小沙发、一个简陋的茶几。我觉得当时的别墅屋顶并不太高，似乎比现在的显得更矮一些。我们一家三口在沙发上就座，等了片刻，毛主席就从自己的屋里走了出来。我印象特别深，因为在这之前我已经多次听到大人讲过，毛主席是中国人民的领袖，而且在哈尔滨的时候，爸爸的办公室里就摆着一幅现在大家都很熟悉的一张照片，那就是毛主席和朱德总司令在一起的照片，所以毛主席一出来，我一眼就认出他来了。他还是跟照片上一模一样的装扮，好像穿的还是很厚的衣服，上身好像是个棉服，只是没戴帽子。我觉得他个头特别高，又可能因为穿得厚实，不但是高，而且还显得很魁梧。毛主席走了过来，爸爸妈妈就跟他握手，爸爸向毛主席介绍了妈妈。

后来妈妈回忆说，毛主席和她握手的时候，很热情，连着说了几句："好同志、好同志。"后来谈了些什么话，我就听不懂了，也记不得了，但是第一次见到毛主席的情景至今历历在目。

我们在香山住了一夏天，然后就搬到城里去了。在香山那边还有一个小故事，因为那时候北京经历了多年的战乱，一直没有进行整治，街上有很多没有主人的野狗，在香山也有。我姥姥好心给一只小狗吃点剩菜余饭，后来又来了一只，一共有两只小狗跟着我们。我和妹妹特别喜欢这两只狗，经常和它们玩，离开香山的时候，就哭着要大人一定把小狗给带上，带到城里去。妈妈只好答应了，我们就把这两条狗带到新的住所。现在还有一张小小的照片，就是我和我妹妹跟这两只小狗在一起照的。我妹妹雅兰当时理的头发特别短，像个男孩儿似的。她是在哈尔滨出生的，在香山的时候还不到两岁，但是我们俩已经能玩到一起了。

对老北京我也有一点印象。当时的北京基本上都是一些灰砖砌成的平房，窄窄的胡同，真正意义上的马路并不多，两旁的人行道都是土路，坑坑洼洼的。北京传统建筑也有吸引我的地方，我跟着大人坐汽车，在北京街道上行走的时候，很喜欢往两边看看，因为满街都是一些小商铺和手工作坊，里面的人们都忙活着做各种各样的活计。一些商铺的门面装饰得很有意思，上面是用木雕或石膏等材料做成的神话人物，穿着古装或盔甲，还有狮子、龙、麒麟等奇妙的动物。我在哈尔滨没见过，觉得很新奇。印象深刻的还有王府井，当时这是北京最繁华的一条商业街，有霓虹灯广告，不像现在这么多，但是也觉得挺好玩的。比如，有霓虹灯广告在那里推销名牌墨水，可能是给派克笔专用的美国墨水。只见巨大的墨水瓶倾斜着，瓶里的墨水滴答滴答地往下掉，看得我目瞪口呆。后来才明白，这种效果都是由霓虹灯组成的灯光形象。

北京因为多年没有人好好管理和整治，有很多地方又脏又乱。解放军进京以后，着手进行清理。我记得很清楚，当时动用了很多的工人，在中南海、北海清理湖里的淤泥和杂草，挖出来堆在湖边，真是像小山似的堆在那里。经过清理以后，湖水就变得清澈了，没有臭味了。1949 年秋天的北京，逐步变得干净整洁起来，有些地方被装扮得焕然一新。中南海的新华门挂上了大红灯笼，还竖起了很多的红旗、彩旗，很有节日气氛。这是为什么？我还不太懂，后来才知道，这时候北京正在准备迎接中华人民共和国的诞生，而且北京又重新被定为全国的首都了。

1949 年 10 月 1 日是中华人民共和国的诞生日，在头一天晚上我们一家人到了北京饭店。我们是临时在那儿借住，用了两间房，包括我姥姥、奶奶，还有其他家人都住进去了。这是一个历史性的时刻，这么重大的事情恐怕我们谁也不会再遇到，真算是百年难遇。所以父亲希望家人，哪怕是六岁的我和两岁的妹妹，虽然去不了天安门，也能在近处体会一下这隆重的气氛。我们住的房间临近长安街，记得 10 月 1 日天还蒙蒙亮的时候，大人都起来了，我们也跟着起来了，跑到窗前往外看，隐隐约约看到有很多人蹲在长安街路边。我姥姥刚从莫斯科过来，年事已高，眼睛又不太好，看得模模糊糊，她就问我妈妈："这是什么呀？这些小黑墩是什么呀？"妈妈说："你没看明白，这是解放军战士们在那里，他们就这样蹲着过了夜，准备参加今天的检阅活动。"这一细节给我留下了深刻的印象。

天亮了以后，解放军战士都听从口令起立，排着整齐的队伍等候重大时刻的到来。长安街的路灯杆上都挂上了很大的广播喇叭。在一片静默中，喇叭响了起来，传来了非常洪亮的声音，带着浓厚的湖南口音。湖南口音我能辨认出来，但听不懂讲的是什么。我记得很清楚，当时整个长安街格外寂静，人们都屏住呼吸在倾听喇叭里的声音，让我这个还不懂事的孩子也感觉到这一时刻的庄严。的确，这正是毛主席在天安门城楼宣告中华人民共和国成立的那一刻！而后，解放军战士排着队开始由东往西齐步行进，我们站在窗前，一直看下去。解放军的步兵队伍通过后，就有骑兵队伍骑着马也奔向天安门接受检阅。最后还有装甲车和小型坦克隆隆地驶进长安街。这些装甲车、坦克车其实都是日式的，是在战场上缴获的战利品。这确实是一个空前绝后的景象。

那天我妈妈陪同苏联代表团在观礼台上目睹了天安门广场上的隆重时刻。那时候中苏关系正处于微妙的转折点。在中华人民共和国未宣布成立之前，苏联还没有派驻正式的外交使节，也没有派来党政代表团。到北京参加庆祝活动的是苏联作家代表团，也就是文化使者。代表团的阵容是很有分量的，由苏联最著名的两位作家带队，一位是法捷耶夫，就是《青年近卫军》的作者；一位是西蒙诺夫，也是很有名的，不少中国人都读过他的《日日夜夜》。妈妈能够来到天安门广场礼宾台和外国代表团在一起，见证这一伟大的时刻，当然感到很荣耀、很幸运。

10月1日那一天，全国还没有完全解放，蒋介石的残余部队仍盘踞在南方和西南一些省份，驻国民党政府的苏联大使也跟着蒋介石政府官员退到广州去了。然而，在中华人民共和国宣布成立的第二天，也就是10月2日，苏联正式宣布断绝和国民党政府的所有关系，承认中华人民共和国，苏联也就成为与中华人民共和国正式建交的第一个国家。

# 国际家庭

我们这个家经常被人们称为国际家庭，这倒是一点不假。我父母在苏联结婚就是一个跨国婚姻，是这个国际家庭的基础。到了中国，住在哈尔滨的时候，我们这个家庭还是一个小家，一开始只有三口人。1947 年 10 月，妈妈又生了一个胖妹妹，我们三口之家就变成了四口人。但是那时候在哈尔滨，爸爸特别忙，还经常外出，有时候是上前线，有时候需要深入基层，到农村、到外地，在家里的时间很少，所以在家经常是妈妈和我们姐妹俩。到了北京之后，情况就完全不同了。1949 年北京解放了，全国也即将解放，全国局势即将稳定，我们家的生活也走向安定。在北京我们有了一个安稳的家，我从未见过的家人，从各地陆续聚集到北京，实现了家庭大团圆。

这时我才知道，我们这个家本来就不限于三口或者是四

我多了个小妹妹。1948 年夏，妈妈抱着雅兰在哈尔滨家里。

口，因为父亲在早年去苏联之前就有过几次婚姻，生了我的两个哥哥和三个姐姐。父亲是从事革命工作的，多年搞地下活动，根据党的安排，经常装扮成各种不同的社会身份，从南到北，转换工作地点。因为当时这些具体条件，他就不能拖家带口让他们跟着自己一起奔波。这样一来，我的两个哥哥就一直留在家乡，由爷爷奶奶，还有叔叔和婶婶抚养长大。两个姐姐则在父亲被共产国际招到苏联之后，由她们的妈妈带在身边。现在有了条件实现家人的大汇合，于是哥哥姐姐们，还有其他家人从 1949 年春到 1950 年初先后来到了北京。

1949 年冬，妈妈、姥姥、妹妹和我。

第一个过来的是我的俄罗斯姥姥。妈妈离开莫斯科以后，她跟我的舅妈和表哥一起生活。我舅舅早在二战期间病逝了，表哥还很小，舅妈很辛苦，挣钱又不多。妈妈非常关心姥姥她们的生活情况，在哈尔滨的时候，一有机会就给姥姥写信，捎点吃的。因为战后苏联老百姓的生活是很艰苦的，所有食品都凭票供应，舅妈做一些清洁工一类的低收入工作，一个人养家糊口确实很艰难。

爸爸早就主动提出来，让姥姥来中国一起生活，但办理手续经历了相当长的一段时间。事情就是这么巧，正好妈妈带着我们离开哈尔滨到北京，刚刚在六国饭店住下，可能只有一两天的时间，意想不到的奇迹发生了。妈妈回忆说，那天早上她还在甜蜜的睡梦中，我爸爸起得比较早，就过来唤醒她了，大声说："你快起来，快起来呀！"妈妈问："什么事？"他说："你妈妈来了，妈妈来了！"我的妈妈还稀里糊涂地问："什么？谁的妈妈？"他说："你的妈妈来了。"母亲真是又惊又喜，赶快起来推开门，果真看到我姥姥提着小皮箱已经进屋了。姥姥也被这些突如其来的生活变化弄得昏头晕脑，她年纪已经七十出头，却很少离开过莫斯科，更没想到要出国，第一次走了这么远的路，确实非常意外。她一直期盼着和女儿、女婿及外孙女们见面，好不容易来到哈尔滨，下了车，才得知我们一家已经转到北京去了。姥姥不知所措，简直要崩溃了，多亏妈妈的好朋友赵洵阿姨赶去接她，并马上安排她赴北京的行程，叫同路的同志好好照顾老人。事情来得这么快，写信通知已来不及，又没办法打电报，姥姥踏进六国饭店的大门，爸爸妈妈还蒙在鼓里。意外的会面让大家都喜出望外，非常高兴。之后，姥姥就一直跟随我们从六国饭店到香山，又从香山到了我们在北极阁三条 1 号的新住所。

接着来的，是我的二哥李人俊和我的二嫂赖淑。时间可

1949 年，堂姐人宵（右）、二哥人俊（中）、二嫂赖淑（左）三人在北京合影。

能是 1949 年初夏。我二哥自出生之后，只在很小的时候才见过父亲。他一直在湖南上学，学习成绩还很不错，上完高中产生了去美国留学的想法。那时候在部分中国知识分子中，这也是比较流行的事情，很多年轻人向往去西方留学。正好在这时候，二哥接到父亲的消息，得知父亲回国了。但因父亲在东北，哥哥在南方的长沙国统区，不可能马上见面。到了 1949 年春，正逢解放军准备南下，在大进军前夕，通过我们党的渠道，把国统区一些干部的亲属陆续转移到解放区。这时候，二哥也接到通知，让他启程到北京。于是他和二嫂一起，秘密地离开长沙转到香港，然后坐船，大概是到了天津，又从天津坐火车到北京，绕了一大圈才来到北京家里。

湖南解放以后，1949 年秋天我奶奶也从湖南过来了。父亲一直非常想念她，因为小时候她给了他很多的关照和母爱，几十年来，虽然相隔千里，偶尔有机会，爸爸就想办法给奶奶写封信，或者是托人捎点钱，帮她维持生活。那时候时局动荡，祖父母的家早就失去昔日的光景，已经很破败了，甚至可以说是完全破产了。祖父已在 20 世纪 40 年代初过世，奶奶从小裹着小脚，此时不得不把家里很多的生计担当起来，迈着细小的步子，很费力地忙来忙去，在菜地里种菜浇水，在厨房里洗菜做饭，过着一个劳动妇女的艰难生活。所以条件成熟后，父亲迫不及待地把奶奶接过来，让她晚年能够享受一点好日子。

叔叔李隆翰一家人。

陪同奶奶从湖南家乡来的还有我的大哥人纪。他那时候已经三十岁上下，但还是独身一人，一直也是在家里守着，是一个非常本分、老实，又很勤奋的人。大哥一直关照着奶奶，所以他就陪着奶奶过来了。除了他以外，跟着来的还有两个孩子，是我叔叔的大女儿和大儿子。叔叔的大女儿叫人宵，是我的大堂姐。叔叔的大儿子比我小一点，比我妹妹大一点，小名叫“毛毛”。他们跟着奶奶过来，也是爸爸的主意。爸爸当时有这么一个想法，奶奶从家乡来北京，人生地不熟，又不会讲普通话，身边还得有几个家里的人陪伴着，能够照顾一下，聊聊天，让老太太不要觉得寂寞。

我的叔叔李隆翰是父亲唯一的亲弟弟，他一直在老家照顾着我的祖父母，老老实实地在小学教书，扶养一大家人，其中也包括我的两个哥哥。这两个哥哥虽然不是他亲生的，但叔叔也视如己出，爱护照顾着他们。爸爸为此对叔叔怀有感激的心情，觉得他确实很不容易，把维持全家生活的义务毫无怨言地担当了起来。现在条件变了，所以爸爸告诉叔叔说："你的孩子已经很多了，你帮助我抚养了我的两个孩子，我现在也要帮助你抚养你的两个孩子，来表达一下我的感恩之情。"就这样，叔叔安排我的堂姐人宵和堂弟毛毛一起来北京，常住家里，成为父亲的养女养子。

再晚些时候，到了1950年初，我的二姐李力从重庆来了。李力和她的姐姐、我的大姐李竞也有她们自己的传奇故事。她们还是咿呀学语的幼儿时，父亲就远离她们出国了，她们的妈妈也不知道是生是死，没有一点消息。父亲到了莫斯科以后，看出共产国际不会让他很快回去，很挂念留在国内的母女三人以后的生活。所以他当时托人捎去一封亲笔信，告诉李力的妈妈：我一时回不去，你可以安排自己的个人生活了。这样过了一段时间，李力的妈妈就跟自己的一个亲戚黄先生结了婚。这位黄先生是位非常典型的、非常老实的知识分子，具有进步思想，但没有参与政治活动。他知道姐姐们的生父是谁，本来在上海时就见过他，也很敬仰他。所以黄先生决心把这两个孩子养大，也没有再要自己的孩子。两个姐姐跟着养父和亲生妈妈在一起，生活很和睦，一直不知道黄先生不是她们的亲生父亲。等到1946年，李力、李竞已是十几岁的少女了，她们的妈妈才披露了她们出生的秘密。

二姐后来回忆说，那天她和大姐李竞在一起吹口琴，玩得很痛快的时候，突然发现妈妈在流泪，很悲伤的样子。两个姑娘很吃惊，忙问是怎么回事。她们的妈妈这才含着眼泪对她们说："我现在要告诉你们一个很重要的事情，你们的爸爸不是黄叔叔，而是李立三。他是一个共产党人，原来长年在国外，现在得知他回来了。这是一个秘密，你们千万不要告诉别人。"

为什么说是秘密呢？因为那时候他们一家住在南京，还在国民党政府的统治下。父亲回国以后，参加国共两党的谈判，马上引起东北很多国民党报纸的注意。李力的妈妈从报纸上知道这个消息，转告给了我这两个姐姐。当然对她们来说，这是一次很大的震动。1950 年初，二姐已经在重庆读大学，学化工，爸爸写信叫她过来，也做了一些安排。见了面以后，爸爸让二姐不要再回重庆，而是去大连继续学习。那时候不但是我父亲，我想不少人都有这个想法，就是认为原来的国统区，南京也好，重庆也好，因为受国民党统治很多年，政治环境比较复杂，相比之下，像老解放区东北的各个城市，政治空气要好得多，更有利于孩子们接受教育。这样，二姐就去大连继续读书。因为二姐学习很好，不久被安排去苏联留学，进莫斯科钢铁学院学习粉末冶金。

大姐李竞没有跟二姐一起来，那时候她已经结了婚，是个护士，我的大姐夫是医生，在南京工作。大姐是抱着刚出生不久的大儿子过来见父亲的。后来她跟我妈妈说，那时候站在我们家门口，心情非常紧张，因为这算是平生第一次要见到父亲，还不知道会怎么样。但一见面，还是觉得爸爸对他们和蔼可亲，很亲切。二姐和我两个哥哥也都有这种感觉。我想，爸爸觉得过去没有时间照顾这四个孩子，现在要想法补偿。说是四个，其实是五个孩子，还有五姐的故事，以后再说吧。所以，爸爸觉得亏待了他们，心中有愧，现在有了条件，想给他们安排得好一些。他从整体局势和国家需要出发，认真考虑了他们的前途，动员我两个哥哥学习俄语。说起来很有意思，因为两个哥哥一直生活在湖南，从来没有想过以俄语为专业。但是那时候，父亲认为掌握俄语是非常有用的事情，他就说服我大哥放弃了原来所学的专业。其实大哥此时已经工作多年，是家乡的一名兽医。二哥也放弃了去美国留学的想法，他们两人结伴，一路往北，到哈尔滨俄语专科学校（俄专）学俄语去了。

## 不易处理的家庭关系

当初我们的家庭这么大，又是这么复杂的构成，家庭关系应该怎样处理呢？这是我妈妈 1949 年以后所面临的一个重大问题。这里面有婆媳关系，也有后妈和前妻子女的关系，这本来是不易处理的事情。我们的“国际家庭”又增添了自己的特色，出现了文化包容问题。应该说，妈妈当时对中国社会、中国文化了解得比较少，遇到一些事真是感到大惊小怪的。她自己回忆说，1949 年秋天我奶奶从湖南坐火车到北京的时候，妈妈和爸爸一起到车站迎接她。列车一停，大哥人纪背着奶奶走出车厢，下到站台上。妈妈看到这个场景，很惊奇，因为俄罗斯的习惯不管是大人还是小孩，只有抱着他们走，从来没有背着的，她还从来没有见过背老太太下车的场景，这是第一个令她诧异的印象。接着她又看到爸爸赶紧过去向我奶奶问好。他们母子天各一方，分别时间已经有二十多年了，二十多年没有见过面，彼此肯定都是十分想念对方的。但是，妈妈觉得奇怪的是，这时候他俩没有拥抱，也没有亲吻，甚至没有高声地表达内心的喜悦，脸上也没有多少表情。爸爸用平淡的声音向奶奶问候，奶奶也轻轻地跟他说了一声问候的话，似乎他们昨天刚刚见过面。妈妈不解地想："这是怎么回事？难道母子之间没有感情吗？"她当时还不理解，中国人不像俄罗斯人那样愿意把感情表露出来，甚至比较夸张地表现在外，中国人是比较含蓄的，把最深厚的感情隐藏在自己的心底，这是妈妈后来才看清楚的。

一般认为，处理婆媳关系是最令人烦恼的一个难题，但是妈妈说，她和我奶奶相处从来没有遇到过任何问题。我觉得从奶奶方面来讲，当时她年纪比较大，已经有 80 岁了，又是一个纯朴善良、守本分的老人，虽然是第一次离开家乡，从南方到北方，又第一次看到这样一个洋媳妇（我想她可能以前还从来没有见过洋人），对我妈妈的穿衣打扮、日常习惯肯定感到新奇，或许有些看不惯，但她从来不干预妈妈的生活，也从来不说任何自己看不惯或者是批评的话。奶奶心地非常善良，所以和妈妈交往中的态度是非常友善和蔼的。妈妈有这样一个回忆：奶奶坐在一旁观察着这个洋媳妇和她儿子之间是怎么交流的，后来她就给我妈妈说："我看你们夫妻俩相互之间说说笑笑，很随意，可是我原来跟孩子他祖父不是这样的，我在他面前根本不敢嬉笑，也不敢随便说话。"

因为奶奶是从旧社会走过来的，原来的家规是非常严格的，甚至是比较刻板的，所以奶奶看到了夫妻之间这种新的变化，心里并不排斥，甚至还有些羡慕。

我对奶奶印象最深的就是她的小脚。在这之前，生活在哈尔滨，我没有见过小脚女人。记得奶奶刚到北京不久，有一天晚上在自己的屋里洗脚，当时由我的堂姐帮她洗。我进屋来向奶奶说一声晚安，看见她坐在沙发上，两只脚放在搪瓷盆里。我第一次看见奶奶光着脚，吓了一大跳。我想，这种小脚现在的年轻人都没有见过。以前小女孩四五岁的时候，就要给她裹脚，让脚趾不要往外长。脚趾被强行窝进去，长进脚底里，脚背高高地鼓起来，完全是一种畸形的小脚。我看到以后，确实挺害怕的，因为我年龄很小嘛。

奶奶说话的时候，带着很浓厚的家乡口音，还不是那种通用的湖南话或者是长沙话，是当地方言，醴陵话。她不懂普通话，别人也听不懂她讲的话。当然我父亲对奶奶的口音感到很亲切，一般下班回来，一定要到奶奶屋里坐一坐，跟她聊一会儿，说会儿话。通常我的堂姐人宵给奶奶当翻译，可是人宵还要上学，不能老守在奶奶身边，所以难免发生一些可笑的事情。比如说，有一次奶奶在屋里要下床，就跟服务员说："要找孩子。"这个"找"服务员听明白了。找孩子吗？那就赶快去找，先是把我的堂弟毛毛领到奶奶跟前。奶奶摇头说："不是，不是。"服务员又赶快跑去找我和我妹妹，把我们俩也拉到老太太跟前，她又说“不是”，而且样子有些着急。找孩子，找孩子，周围的人急得团团转，奶奶也越来越急躁。弄来弄去，最后发现她找的是鞋子，醴陵话叫“孩子”。

生活在离家乡很远、差异很大的环境中，奶奶非常想念家乡，跟爸爸提出过想回去。但爸爸觉得醴陵那边的生活条件、医疗条件肯定不如北京，所以就多方劝阻，还是把奶奶挽留下来了。爸爸确实很关爱奶奶，虽然他非常忙，总要抽空陪伴她。吃饭的时候，我们一家人不怎么吃辣，父亲离开家乡几十年，也只能吃一点，但是为了照顾奶奶，每次都要给她做一盘满是辣椒、有家乡味道的菜肴，让她吃得可口。

那些年，我们家里住得相当拥挤，因为来了很多人，每间屋都住着两三个人。爸爸就把自己的书房，那算是比较大的房间腾出来，让奶奶带着我堂姐、堂弟住下，睡在一张大床上。爸爸自己如果需要在家里办公，就在客厅里工作，把书桌摆在那里，就在那里写字、看文件。

二姐李力来了以后，住在爸爸妈妈卧室和奶奶卧室之间的一个非常小的隔间，大概只有不到 5 平方米，里面摆了一张很窄的床铺，别的什么也摆不下了。不过我觉得，虽然当时住得比较拥挤，但是大家都很和睦，家里也很热闹。

我们这样一个大家庭，其实分成中俄两个大部分：以奶奶为核心的中国圈和以姥姥为核心的俄罗斯圈，围绕着这两

1951 年夏，青岛，姥姥在中国安度晚年。

位老人形成了既有联系、又互不干扰的两个生活圈。比如说，人宵和毛毛比较多地在奶奶圈里头陪伴着她，而我和雅兰一般在姥姥圈里头，跟着姥姥和俄侨保姆生活。到了用餐时间，全家人走到一起，餐厅里有一个很大很大的桌子，大家围着它坐下，采取分餐的办法吃饭。因为两个老人的习惯截然不同，奶奶爱吃辣椒，姥姥则根本吃不了辣；姥姥爱吃奶制品、喝牛奶，奶奶就根本喝不惯。考虑到这种情况，只能是分开吃，中餐、俄餐分开上桌。可是也有一个奇怪的事情，我妈妈告诉我，有一次奶奶看到我姥姥喝咖啡，居然说，她也想尝一尝。尝了一口，奶奶觉得还挺不错的，后来也就跟我姥姥一样，每天早上都要喝一杯咖啡，还赞美说，喝了咖啡觉得精神很好，一上午都不发困。

奶奶和姥姥之间是没有办法沟通的，奶奶连普通话都不会说，姥姥也只能讲俄语，缺乏共同语言。吃饭的时候，走到一起怎么办呢？两位老人见了面，就非常友善地相互笑一笑，伸出手来握一握，点点头来表示友好，用眼光相互祝福。这种亲切的握手，我经常看到，马上就出现一个联想。那个时代，到处张贴着“中苏友好”的宣传画，上面有两个人站在一起，一个中国人、一个俄罗斯人，他们紧紧地握着手，作为一个友好的象征。当时我看着奶奶和姥姥，一个中国老太太和一个俄罗斯老太太相互握手的时候，不由自主地想到，真是跟中苏友好宣传画上一模一样。

1949 年夏，和大哥人纪（右 1）游览颐和园。

家庭关系的另一个层次就是前面讲的，妈妈和我的哥哥姐姐们之间的关系。妈妈见到他们的时候，哥哥姐姐们都不是小孩了，都已长大成人。我大哥其实比妈妈只小 4 岁，1918 年生，1949 年第一次相见，大哥已经是 30 岁了。大哥从小接受的是中国传统教育，所以我觉得在他身上体现了中国的传统美德，就是敬重长者、爱护幼小、遵守家规。车站上，一见到我妈妈李莎，他就走到她跟前，恭恭敬敬地鞠个躬，叫一声妈妈，弄得我妈妈很尴尬，因为他们只相差 4 岁。母亲想："我怎么能当他的妈妈呢？"后来她就跟我父亲说："别让他叫我妈妈了，就让他叫我名字吧。"父亲不同意，说："那怎么行？直呼其名，那是不尊重啊，在我们中国这是不可能的，也是不允许的。"妈妈弄明白后，也就认可了，大哥后来一直叫她妈妈。其实我二哥和几个姐姐们也都管她叫妈妈，但是因为年龄差别稍微大一些，或者因为妈妈逐渐习惯了，就没有再提出什么异议。总的来说，妈妈和哥哥姐姐们的关系中，双方由疏远渐渐走向亲密，也是一个双方相互理解、相互适应、相互接近的过程。

从妈妈方面来说，她是一步步地接受中国文化、走进中国的，越来越多地了解中国人的行为举止、谈吐等交往方式。但一开始，她还没有这些常识，出现过一些误会，特别是和我二哥人俊交往的时候。我大哥特别老实，话也不多，又非常守规矩，二哥就不是这样的性格，他是个非常直爽的人，心直口快，有时候锋芒毕露，就和妈妈发生过误会。二哥刚到北京的时候，也在我们家住过一段时间。有一次妈妈下班回来，发现他请了自己的一些老朋友、老同学在家里聚餐。妈妈想进去向大家打个招呼，也想看一眼，结果人俊就没让她进屋，赶快跟她说："您去休息吧，别进去了，都是我的

1978 年夏，李人俊专程来运城看望妈妈。

同学，您就休息吧。”妈妈一听说休息，心里觉得很不舒服，因为根据俄罗斯的习惯，女性算是一家之主，女主内，所以在家里请谁，不请谁，搞什么聚餐，必须事先让女主人知道，否则就是对她的不尊重，所以当时妈妈心中产生了一些隔阂。过了许多年，到 20 世纪 70 年代，二哥刚刚平反，就主动去山西运城看望住在那里的妈妈，让妈妈非常感动。她知道，在那种环境下这是很不容易的一件事。那次人俊陪伴妈妈住

二姐李力留苏期间和俄罗斯同学们在莫斯科郊外。

了一个星期，敞开心扉谈了很多，两个人的心就紧紧地连在一起了。妈妈发现人俊越来越像父亲，他的嗓音、笑容，甚至抽烟的姿势和父亲一模一样。妈妈看着他，心里虽有些酸楚，但倍感亲切。1980年父亲平反的时候，二哥就提出了一个要求，父亲生前非常爱下围棋，他也有同样爱好，而且经常和父亲对弈，所以他特别希望妈妈把父亲经常用的那个围棋盘和棋子移交给他。此外，还有一本可能是清朝时期的《石头记》早期版本，也是我父亲爱不释手、经常放在案头的一本书。人俊说，能不能这本书也交给他。妈妈一听到这两个要求，二话没说，就高高兴兴地把这些珍贵的纪念物交给人俊了。

再说我二姐李力，她是1950年去留苏学习的，5年后毕业回国，分配到北京钢铁研究院工作。我的二姐夫知水是她在苏联的同学，结婚后他们经常来家里，开始是他们两个人，后来又增添了我的大外甥，接着又生了二外甥，他们就抱着孩子来家里。二姐、二姐夫和妈妈接近倒是比较方便，也比较容易，因为他们能用俄语和妈妈沟通，更容易相互理解，一般都谈得很投机。妈妈知道，女婿知水很爱吃俄餐，尤其喜欢俄式的红菜汤，也喜欢吃甜点，特别是奶油蛋糕，所以姐姐、姐夫到家里来，妈妈一定要用红菜汤和蛋糕来招待他们。年纪大了，二姐有时担心姐夫吃多了对身体不好，妈妈说没关系，就吃一两次，让他饱饱口福吧。大姐李竞和大姐夫高生甫他们一直在南京工作，早期和我们来往比较少。到了 20 世纪 80 年代，李力、知水、李竞、高生甫都陆续退休了，而我这时候还忙着上班，妹妹也有不少事。妈妈每年暑假要到北戴河去避暑，觉得一个人比较寂寞，就邀请姐姐、姐夫们陪伴她，每年跟着她在北戴河住一个多月。一大家人在一起早晚相处，高高兴兴，好几个人的生日都在七八月份，连着举办家庭聚会，好不热闹！记得有一次姐姐姐夫们还专门请妈妈给他们讲一下她和爸爸的故事。他们说，因为在爸爸身边的时间太少，很不了解他，让妈妈仔仔细细给他们讲了一番。姐姐姐夫们很感谢妈妈给他们这么一个机会，不但是因为可以安心休假，而且还可以让姐妹们日夜在一起相处、畅谈，实在难得。

再讲一讲我三姐的故事。除了大姐李竞、二姐李力外，我还有一个三姐，她的名字叫谢志佩。她为什么不姓李，而是姓谢呢？这里有一个让人辛酸、又可以说是传奇的故事。我三姐是 1930 年 11 月出生的，刚好父亲离开上海去莫斯科了。当时上海正处在白色恐怖之中，父亲走的时候估计到可能不会很快回来，所以就嘱咐志佩的妈妈，她也是大姐二姐的亲生母亲李崇善，父亲说："孩子马上要出生了，你最好把她交给可靠的人家，由他们来抚养，这样会比较安全。"

李崇善就根据父亲的嘱咐把出生不久的孩子交给党组织的地下交通员，转了几手以后，最后送到老工人谢清斋那里。

夫妻俩刚刚失去一个小儿子，还没断奶，这样我三姐从小还是吃母乳长大的。

谢清斋夫妇当时知道，志佩是李立三的女儿，而谢清斋作为一个老工人，参加过五卅运动，也参加过上海工人起义，20 世纪 30 年代初在上海总工会工作。因此他对我父亲是很尊敬、很有感情的，也就决心要好好地把这个孩子养大。志佩就在他们身边长大，受到很好的照顾，一直不知道她不是谢清斋夫妇亲生的，对养父养母产生了深厚的感情。

1980 年 3 月，父亲平反以后，在北京举行了一个规模很大的追悼会，《人民日报》做了报道，也发表了我们兄弟姐妹 6 个人的一篇回忆文章。不久，中央组织部收到一封上海来信，是一个退休女老师写的。她告诉中组部，李立三还有一个女儿，现在在上海。中组部对此很重视，马上找到我妈妈，告诉她这个消息，并问她的态度，要不要回应。妈妈毫无顾虑地说："当然了，一定要查清楚，如果是立三的女儿，那我肯定要认她。"妈妈随即把这个消息告诉了我二姐，因为二姐在北京离她很近，就把这件事托付给她。后来二姐就经常和中组部联系，了解情况。经过多方面的调查，确认志佩就是我爸爸的女儿，我的三姐。大姐二姐尤其高兴，因为她们曾经听她们的妈妈讲过，原来还有一个三妹，但因下落不明，无从查找，一直感到是一块心病，隐隐作痛。现在志佩找到了，是很大的安慰。妈妈得到确认之后，也给三姐写了信。

1996年夏，三个姐姐及其夫婿陪同妈妈在北戴河。左起：二姐夫知水、三姐谢志佩、大姐李竞、妈妈、我、雅兰的小儿子鲁鲁、三姐夫狄以德、大姐夫高生甫。

到 1981 年春天，妈妈正好要到上海外国语学院去讲学，就借这个机会见了志佩。见面的时候，妈妈还给她讲，你应该姓李，也是立三的女儿。但是志佩说，她的养父一直对她那么好，感情那么深，她还是要随着养父继续姓谢。妈妈也就认可了，她觉得谢清斋老人对志佩这种关爱、这份难得的情感是应该尊重的，让志佩好好地照顾和陪伴她的养父。

从那以后，等于说我们家又增添了好几个成员。因为三姐已经结了婚，而且有一男一女两个孩子，都在成长，过几年孩子们又陆续成家，三姐有了第三代，他们都是我们大家庭的成员。志佩后来也来过北京，来过北戴河，妈妈也曾带着她去八宝山革命公墓，瞻仰哀悼父亲。

有了三姐，我们家庭关系就更加全面了，从此不断地保持往来。1984 年 11 月，湖南醴陵李立三故居开放的时候，大家都去了。1999 年，父亲一百周年诞辰的时候，三姐和我们一道也参加了所有的活动。我希望，对志佩姐来说，这是一点儿心理上的补偿，毕竟她没有见到父亲，没有见到她的生母，也没有来得及参加父亲的追悼会，通过这几次活动总算是有了一个很好的机会来表达自己的思念。

# 儿童时代的俄罗斯氛围

我们这个家，可以说是中俄文化合璧的典型。如果要区分主次的话，应该承认，在我们家里长期以来还是以俄罗斯文化为主的。或许是因为按中国的传统说法，男主外女主内，我们家里父亲忙着大事，甘心让妈妈主内。妈妈当然就要在很多方面灌注她自己所熟悉和热爱的俄罗斯文化元素。比如说过节的习惯，在我们家最大的节日或者说最热闹的节日是元旦，这是俄罗斯或者说苏联时期确立的习俗。

元旦前夕，妈妈一定要布置一棵新年树。苏联时期不过圣诞节，只过新年，所以圣诞树就改名为新年树。新年树本应是云杉，但咱们国内很少有，我们就找一些替代品，松树、柏树或者其他此类的常青树。把一棵盆栽的树买来搬回家，放在客厅里，妈妈就动手忙起来，拿出大大小小的盒子，准备把新年树装扮起来。这些纸盒平时放在柜子的最深处，不

1956 年冬，妈妈带我们在颐和园散步，爸爸给我们拍了照。

让我们孩子随便动，里面是各种各样的饰品和小玩具，因为平时见不着，更让我们好奇。

记得小时候家里准备的新年挂件比较简单，还是妈妈特意从哈尔滨带过来的，都是些硬纸壳做的小房子、小鱼儿、北极熊，或者是一些其他动物。后来就出现了玻璃制品，有五颜六色、金光闪闪的玻璃球，上面还画着各种图案，有传统的新年老人、雪花姑娘，也有满载时代气息的飞艇，上面写着“苏联”等几个红色大字。这些当时我觉得非常漂亮的新年饰品是我们的亲戚从莫斯科专门送过来的，所以这样的小玩意儿带有鲜明的苏联色彩。这些玻璃制品是比较易碎的，国内又买不到，所以妈妈很珍惜，也很爱护，我小的时候不让我伸手去碰，她自己把这些玻璃饰品挂到树枝上。允许我动手的只有那些不怕摔的、纸糊的挂件。尽管这样，我觉得能和妈妈在一起动手装饰新年树，就心满意足了，非常得意，也很自豪。因为妹妹比我还小，妈妈只让她站在一旁观摩，根本不让她碰。我作为姐姐，还是有这个权利的。

按照俄罗斯的风俗习惯，大人在12月31日晚上快到半夜的时候，才坐下来吃晚餐，而且一定要请很多很多的朋友。大概是晚上10点多钟，才开始往桌上摆各种沙拉和其他的下酒菜。快到11点的时候，大家就围着大桌子坐下来开始一起吃饭。半夜12点新年来临时，打开香槟酒，碰杯祝贺，预祝新年快乐，给人们带来更多的幸福。

1956 年夏，在莫斯科亲戚家里。两位大表哥让我和妹妹穿上俄罗斯和乌克兰民族服装来拍照。

我们孩子们呢，上小学的时候就不一定让我们跟着大人一直坐到半夜。妈妈在 11 点前，就哄着我们赶快上床睡觉。我们如果不肯，她就说：“你们不听话，不好好睡觉，新年老人就不会给你们送礼物了。”这也是俄罗斯古老的传统，每到新年一定要给孩子准备些礼物，但不是由大人直接送到孩子手里，而是在孩子熟睡以后，悄悄地放在他们的床边。第二天早上孩子一醒，就能看到这些可爱的礼物，又惊又喜。大人就告诉他们，这是新年老人夜里送来的。

妈妈也这样跟我说，我上小学一年级的时候还真相信，后来稍微大了一点才明白，这只不过是一个美好的神话故事。但我还是要配合妈妈去哄我那个比我小 4 岁的小妹妹，告诉她：“新年老人今天夜间就要把礼物放在你的床头，你赶快去睡觉吧。”

小的时候虽然没有资格参加大人的新年活动，但是我们也有自己的欢乐，因为妈妈要在家里给我们举办儿童新年联欢会，把一群小朋友请过来。当时我们交往比较多的就是和我们一样的混血儿，也有来自保加利亚、罗马尼亚、蒙古等社会主义阵营国家的孩子。平时我们也经常在一起玩耍，到了新年，因为我们家里地方比较大，小朋友们都特别愿意来。我们围着新年树手拉手地跳圆圈舞，一起唱歌、做游戏，妈妈还精心准备一些糖果和小礼物，送给每个孩子。这都是非常快乐的童年回忆。

1952 年夏，在莫斯科郊外我和舅妈玛利亚在一起。

1949 年在北京，6 岁的我已成为小书迷。

在我们家里，因为妈妈自小特别喜欢看书，喜爱俄罗斯文学，到了北京后，生活安定了，她就开始在家里收藏俄文书，慢慢地就发展成一个不大不小的家庭图书馆。那时候在北京购买俄文书是很方便的，王府井有个国际书店，当时主要销售的就是来自苏联的俄文书籍。妈妈每月至少两周一次去那里买新书。我大了点儿，她就拉着我去，我帮着她往家里提一摞一摞的俄罗斯文学书籍，沉甸甸的，大多都是精装本。一开始，家里的图书还比较少，慢慢地就越来越齐全了。经过妈妈精心搜罗，凡是俄罗斯经典文学作品，我们家里应有尽有。我 6 岁时学会看书、拼读，之后简直就变成了一个书迷，

1963 年 7 月，我（右）和妹妹雅兰与妈妈在家里合影。

拿起书来就不肯放下，一定要看下去，如饥似渴。妈妈笑着和她的朋友说："英男以吞书为食。"记得当时发生了一件很有意思的事情：1950 年夏天我们家到北戴河去休养，妈妈带去了一些书，有她自己看的，也有给我看的一些儿童书籍。在北戴河待了一段时间，因为儿童书都很薄，我很快就看完了。没有书看，怎么办呢？我心里很痒痒。

翻翻妈妈的书，发现有一本特别厚。哇！我想，这就可以了，够我看的。我就抱起这本书，一点点从头看到尾，有些吃力，但坚持看完。这本书的名字就是《静静的顿河》。

1965 年夏，我和妈妈在院子里阅读苏联报刊。

我当时刚刚7岁，还没有正式上小学，结果还能把这么大部头的名著啃下来，现在我自己都觉得很奇怪。跟一些朋友讲过这件事，他们都问："不感到枯燥吗？"我也不知道当时是不是枯燥，肯定很多地方没有看懂，但是看完以后，我向妈妈提出了一个有趣的问题，涉及主人公葛里高利。我问道："妈妈，你告诉我啊，这个葛里高利究竟是好人，还是坏人呢？"我不记得妈妈当时是怎么回答我的，多少年以后，她想起这件事说："你当时这个问题还真提到点子上了。这是长期以来，文学界和广大读者所争论的问题。"

看俄文书、看苏联报纸，一直到1966年为止是我们家必不可少的精神生活内容。除此之外，当时还经常有来自苏联的各种歌舞团、芭蕾舞剧团、交响乐队等文化团体的演出，妈妈就带着我们一起去观看，这也是我们受俄罗斯文化熏陶的一个重要的途径。

20世纪50年代，妈妈几次带着我和妹妹去莫斯科探亲，让我们近距离地接触俄罗斯文化和俄罗斯人的生活。我印象最深的就是1952年，那是我记忆中第一次跟着妈妈去莫斯科，妹妹还没去呢。那时候还没有北京直达莫斯科的列车，我们就先乘坐北京到边境城市满洲里的一趟列车，在满洲里下了车还住了一夜，第二天坐小火车过边境，到了苏联那边，又上了苏联的列车，从后贝加尔站开往莫斯科。

离开边境城后贝加尔车站时候，天已不早了，我躺在铺

1955年夏，在青岛，我（后排左4）和妹妹（后排左2）与中俄小朋友一起玩耍，十分开心。

上，很快就睡着了。第二天醒来往窗外一看，哇，我简直惊呆了。离开北京的时候，马上就要立夏了，春天的鲜花已经凋谢，可是现在我们在苏联，火车在西伯利亚大地上奔驰着，窗外是无边无际的大森林，白雪皑皑，银光耀眼，完全是一个冬季的神妙景象，像是俄罗斯童话故事。

那天还有第二件让我吃惊的事情。我还没来得及洗脸，就有列车员敲门。妈妈打开房间门一看，是一个胖胖的俄罗斯阿姨，手里提着一个大铁桶。铁桶里不是水，而是可可奶，她给我倒了一杯，还递给我非常好吃的白面包。要知道我们当时在北京根本见不着巧克力，也见不着可可，现在可能很多人都不相信这一点，但是对我一个小姑娘来说，见到一大桶可可奶，吃着喝着这些好吃的东西，简直跟在天堂似的，也就加深了我对俄罗斯最初的正面印象。

还有一点，我们到莫斯科的时候，不单是走亲访友，妈妈还带我和妹妹参观了莫斯科的许多博物馆、画廊，包括特列季亚科夫画廊、普希金艺术馆，当然也去过莫斯科大剧院看芭蕾舞演出。有一次妈妈还把我带到历史博物馆，让我多了解一些俄罗斯历史。博物馆各个大厅陈列着许多有趣的历史文物，走着走着，我突然发现，有一个陈列柜里展出着两块古老的金牌子，自上而下刻有几行文字，不是俄文字母，而是我很熟悉的汉字。旁边有俄文说明，我也看懂了，了解到这是鞑靼蒙古时期蒙古统治者发给俄罗斯大公的金牌子，类似于通行证，俄语就叫“牌子”。拿着这块牌子，大公和他的侍从们可以在丝绸之路上行走，畅通无阻。这些细节我后来才知道，但是小时候的印象还是相当深刻的。

就是这么一个充满俄罗斯文化味道的家庭气氛，当然是深深地影响了我和我妹妹，也影响到在我们家长大的堂弟毛毛。毛毛虽然一直上的是中国学校，但是在家里跟着我们，不知不觉地也学会了俄语，也喜欢上吃俄餐。妈妈就把他当作自己的亲生儿子一样，想办法给他请了老师上俄语课，还和我们一起学习弹钢琴。毛毛也受到了俄罗斯文化的熏陶。

那些年代，当然人人要看苏联电影，那是少不了的事情。那时候新中国的电影产业规模还很小，不能满足国内观众看电影的需要，就大量地进口苏联电影。我记得，王府井大街的路口，就是现在紧挨着北京饭店的那个地方，当时有一个很大的广告牌，基本上每个星期要换一两次，上面都是电影广告，而且几乎全是刚在苏联上映不久的故事片。这些影片出现在中国观众眼前当然是需要配音的，那时候以长春电影制片厂为主要配音基地。有时候爸爸妈妈带我们到大华、红星等附近电影院看电影，一听到屏幕上苏联演员开口讲的都是中国话，还带着浓厚的东北口音，就觉得挺好笑的。因为平时我是习惯了看俄语原产片的。最初放映这些片子的地方在东交民巷，那边有一个俄侨俱乐部。后来苏联专家，还有他们的家属来得多了，安排他们住在北京几个最好的宾馆，其中有东交民巷的国际饭店，还有北京饭店，后来又建了友谊宾馆。这些宾馆都要定期放电影，这是当时最主要的娱乐方式。我们跟着妈妈去得比较多的还是国际饭店。在那里看电影的时候，对我们孩子们来说，还有一个便利之处，就是在放映厅靠近屏幕的地方摆了好几排专门给孩子们的凳子，可以说是儿童专用席。我们就坐在最前面，没有大人，谁也挡不住我们的视线，挺开心的。

电影每周放两次，一般都是周三和周六晚上。我当时看的苏联片子是很多的，基本上最有名、最好的故事片都看过，现在记忆里也有不少。比如从战争片开始，像《攻克柏林》《侦察员的功勋》《青年近卫军》当时挺吸引人的。另外还有一些生活片和喜剧片，像《没有完成的故事》《幸福生活》《狂欢之夜》等。等我长到十几岁的时候，又开始喜欢比较浪漫的、经典的故事。比如《牛虻》，我当时很喜欢里面扮演主角的苏联的青年明星斯特里热诺夫，后来他又主演了《第四十一个》，我也是赶快去看。那时候我已经是十四五岁的少女了。这些电影中许多的情节、主要演员的名字，我至今还记得一清二楚。还有电影里的歌曲，我虽然不怎么擅长唱歌，但歌词、曲调都记得很清楚。这都是我童年时代难以忘却的事情。

# 在北京上苏联学校

不少人经常问我一个问题："你上学的时候，是不是一直在国外？"我告诉他们，不是的，我一直在北京上学，但是我上的是苏联学校。

当时中国和苏联都规定儿童 7 岁上学，我快到 7 岁的时候，妈妈就和爸爸商量，把我安排到哪个学校好。妈妈的意思还是让我多学点俄语，她当时有点担心，爸爸是不是会坚持让我读中文学校。但是爸爸居然马上答应了，还告诉妈妈说："这也很好，咱们这两个孩子，都生活在中国，要在中国长大，汉语我觉得是不会成问题的。如果她们还能够学好俄语，有了两种语言，肯定会有用的。"爸爸这句话听起来简单，但我觉得分量还是很重的，因为他这句话等于是定了我的一生。我能够在纯正的俄语环境中学习，能够掌握流利的俄语，这为我后来的教学、翻译工作，打下了非常牢固的基础。

我于1950年9月开始读一年级。那时候还是斯大林时代，苏联派出外交人员和专家到国外工作，严格控制携带家属，尤其是孩子绝对不能带出国，必须留在国内。因此在北京虽然已有苏联大使馆，也开始出现一些苏联专家，但没有设立相关学校。幸而那时北京还有一些为数不多的俄侨，主要是十月革命以后陆续到中国的一批人。在北京的人数远没有哈尔滨俄侨那么多，估计不到一千人，但也已经是几代人了，有老人，也有孩子，还有自己的学校。校址在北京的东交民巷，就是原来的老使馆区，离当时的苏联大使馆很近。大使馆大院外面另有一栋两层小楼给领事处办公用的，紧挨着还有一个小区，都是一些平房。多年后，我偶然看到东交民巷早期地图，发现这块地是1900年八国联军进入北京后划拨给沙皇俄国修建哥萨克兵营的。

1950年当然早就没有哥萨克了，也没有什么俄国兵营了，而且这时候定居北京的俄侨，原来经常说的那些"白俄"，其实早也不白了，因为他们基本上都已加入了苏联籍，都拿着苏联护照，成为苏联公民了。所以俄侨俱乐部也好，俄侨学校也好，都被称作北京苏侨俱乐部、北京苏侨学校。我上一年级的时候，学校比较小，学生不多，校舍就设在苏侨俱乐部那栋房子里头。这个房子不是什么楼房，而是一个长长的平房，就是原来的营房建筑。前面一大半是俄侨俱乐部大厅、图书馆、小茶馆等。后面几间屋子就是学校。我们一年级跟二年级学生在一个大屋子一起上课。这在当代是比较少见的，类似十月革命前俄国一些乡村学校，因为条件简陋，就采用这种办法。教室里摆着四排课桌，两排是一年级的，另外两排是二年级的，有时候有两个老师同时上课，基本上是这样一个情况。当时俄侨学校参照苏联教育体制的要求安排课程，主要用的是苏联出版的教材，而且还有少先队组织，每到十月革命节、五一劳动节等这些革命节日，也都要举办一些庆祝活动。

我记得非常清楚，1950 年秋天，刚入学不久，我们全校动员，要准备一台大型歌舞演出迎接十月革命节。这个歌舞演出的主题是“我的祖国多么辽阔广大”。那是苏联非常流行的一首歌曲，我们老一代中国人也都非常熟悉。这个主题就是要突出苏联各民族大团结，展现苏联各加盟共和国的民族特色。

老师们给每个人，包括我们一年级学生都分配了角色。我扮演的是阿塞拜疆小姑娘，可能是因为我的长相有东方人的特征吧。让我穿上阿塞拜疆民族服装，准备一些台词，跟另一个男生一起排练。每个民族都由一对学生，一男一女扮演。给我分配这个角色时，我心里有点不太高兴，因为单从外观上看，我更喜欢的是乌克兰民族服装，觉得戴上一个小花冠、穿上绣花衬衣又漂亮又光彩，特别希望扮演乌克兰姑

1950年秋，我穿上阿塞拜疆民族服装，准备演出。

娘。但我只能听老师的，没有如愿以偿。

演出的那一天，我妈妈的好友萧三夫人叶华到学校来，给同学们一个一个地拍了照。我就穿着阿塞拜疆民族服装第一次留下了我作为小学生的身影。

我在俄侨学校一共学习了三年，准确地说是三年半。到了 1953 年，形势发生变化了。斯大林逝世后，苏联新领导改变了一些政策，允许专家们带家属出国，派到中国来的苏联专家人数一下子大大地增加了。为了适应这种新形势，苏联大使馆获准开设了附属学校。妈妈一听说这个消息，马上决定让我转校，因为她总觉得俄侨跟她不完全是一类人，不那么亲近，之间有隔阂。1953 年底，等到苏联学校第二学期即将结束的时候，妈妈给我办好了转学的手续。过了元旦，我就没有再回到原来的学校，而是于 1954 年 1 月份到新学校去上课了。

遵照新学校的要求，妈妈专门找裁缝给我缝制了一身苏式校服。原来那个学校是没有校服的，穿什么都行。这个时候，妈妈郑重其事地带着我去挑选棕色的呢料，定制了一身带一个小小的白色领子的棕色连衣裙，还做了两个小围裙，一个黑色的，一个白色的，都是丝绸做的。平时上课的时候，要求穿黑围裙；一旦过节了，或是参加考试，就要穿白色的节日围裙，意为考试是非常隆重的事情，如同节日一样。其实沙皇俄国时期，就是这种制服，后来苏联也恢复采用了。

我穿着这种校服挺高兴的，因为那时候我很喜欢苏联一部儿童片《一年级小学生》，咱们中国很多人也都看过。影片的主人公小姑娘马露霞第一次穿上这种制服，觉得很自豪，我也有同样的感觉。我就穿着这身新校服到学校去。第一天一进教室，发现里面的空间比较小，有五六个课桌，现在只

1954 年在苏联大使馆附校和同学们合影。在我（第 1 排右 1）背后是我的好朋友尼娜。

有 5 个人坐在那儿，而且 5 个同学都是女孩子。

我进去以后，注意到课桌跟原来的学校不一样，是两个人坐在一个长凳上，中间没有什么隔断，不知道这些课桌是从苏联专门运来的，还是在中国定做的。老师给我指定了座位，坐在我身边的是一个黄头发、非常活泼的女孩子，名字叫尼娜。我们俩马上成了好朋友，因为尼娜很开朗，也很愿意跟我交往。她的妈妈是友谊医院的医生，她们母女俩来自当时叫列宁格勒，现在叫圣彼得堡的地方。后来她妈妈在中

1954 年秋，苏联展览馆在北京开馆，学校安排集体参观。图为我们全班同学在展览馆前合影，我站在第一排（右 2）。

国工作了三年，这期间我一直跟尼娜特别要好，我们两人一直坐在一起，在学校的时候总是形影不离。

后来，我们的班级慢慢地扩大了，因为专家越来越多，孩子也越来越多，从5个女生，扩大到八九个学生，还是清一色的女孩子，最后增加到9个女生，有一天突然有第一个男生出现在教室里。我还很清楚地记得他叫尤拉，他到了女生圈里，觉得非常尴尬。因为那时候苏联施行的是男女分校制，男女不同校，男孩和女孩就很少有交往的机会，可到了国外，就不可能坚持男女分校制，当然要合班了。现在想起来，尤拉来到女生当中，真是难为他了。他在教室里显得非常拘谨，一个人坐在最后排，跟谁也不说话。课间铃一响，就马上跑到走廊里，从来不跟我们在一起。

我们的校址最初在沙滩，在北京大学红楼后面，是一个比较体面的地方，忘了是三层还是四层的楼房。我从1954年春到1956年春在那里学习了两年多。

1956年，西郊西直门外修建了友谊宾馆。这一大型宾馆是专门给苏联专家设立的，因为此时专家人数众多，北京各个酒店都住满了苏联人，但仍觉得不够，因此开辟了一个新的酒店式住宅区。采取举家居住、酒店式管理的办法，每一家人安排在两三间的套房里，即一室一厅或者是一室两厅。从今天的角度来看，面积不算很大，但在当年和普通中国人居住环境相比，那真是一个天堂，甚至比苏联人在国内的生

1956 年春，我（左）和妹妹雅兰穿着苏联校服和妈妈合影。

活条件也要好得多。后来在莫斯科，我去看望过原在北京的老同学，非常惊讶地发现，他们住得很拥挤，经常是一家人住一间房，大人孩子都挤在一起。可以说在中国他们的生活改善了很多。

在市区上学的时候，妈妈就让我这个四五年级学生自己坐公交车去沙滩。交通倒也方便，因为我们家不远，就在东单，记得乘坐 3 路公共汽车，便可直接到达，我就每天自己坐公交车上下课。10 岁左右的一个孩子，大人还挺放心的，我也不觉得怎么着。可是学校搬到友谊宾馆后，距离就比较远了，因为那算是郊区。当时出了西直门，过了动物园，就全是农田菜地，很少能见到什么房屋，也没有公交，太远了。这时候，不知道是苏方，还是中方，安排了一些校车，把孩子分别从几个不同的地点送到学校来，下了课也是有校车。妈妈考虑到路线不同，找了苏联使馆商务处，他们安排了一辆苏制小巴经过东单，在那里设了一个上车点。此时我妹妹也上学了，妹妹比我小 4 岁，从此我就带着妹妹两人从东单北极阁三条的家里走到东单路口，上车去友谊宾馆。一路非常畅通，从来也不堵车，我们通常需要半个多小时或 40 分钟，就能够按时到校。

我们学校完全是苏联的那些习惯，每到暑期都要安排去少先队夏令营，当然参不参加是孩子和家长的事情，都是自愿的。不过妈妈还是愿意让我们去过一个月的集体生活。记得第一次去夏令营是 1954 年夏天，那时候可能是通过国务院外国专家局等有关部门和地方领导联系，安排苏联学校的孩子们到当时位于青岛边上的一个纺织工人疗养院。当时除了疗养院新盖的几栋楼房，周围什么都没有，是一片荒野。多年之后，2010 年左右，我再次到青岛专门去找那个地方，居然找到了，认出原来的一两栋建筑，已经是旧楼了，而且靠近青岛新建的市中心，属于繁华地带了。

1954 年去夏令营时，我还不到 11 岁，第一次离开家，还不太会照顾自己，连自己梳辫子都觉得困难。记得那次我特别地想家，每到晚上就躺在我们集体宿舍的卧室里，悄悄地哭鼻子。第二年，也就是 1955 年，夏令营安排在大连了。那年正好是苏军刚刚撤出大连和旅顺口，所以我们乘火车快到大连的时候，看到不少欢送苏军回国的标语。这次给我们安排的是曾经的苏联空军疗养院，现在腾了出来，我们孩子们就住了进去。那年我过得比较愉快，毕竟长大了，年龄长了一岁，就不怎么想家了。夏令营不安排上课，但有不少兴趣组，还有体育娱乐活动和外出参观活动，当然也少不了每天到海边去晒太阳、游泳、健身这样的内容。

我参加了两个小组，一个是地理小组，受我当时最喜欢的地理老师的影响。她名叫阿格丽萍娜，年纪比较大，身材较胖，性格和蔼可亲，讲课又非常有趣，引人入胜，我就特别愿意跟着她活动。她带我们到周边的山坡上爬山，采集一些野草野花，并给我们讲解这是什么植物，还捡些小石头，让我们去分辨里面有什么地质成分、属于哪一类的岩石，等等。另一个兴趣组，我也很喜欢，就是我和好朋友尼娜一起参加的生物组。生物老师让我们去捕捉一些蝴蝶、蜻蜓、蚂蚱，还有青蛙。当时这一类的昆虫、双栖动物的生态环境是很不错的，因为在我们夏令营，即昔日的疗养院周围有一大片树木绿地，我们就地捉了不少昆虫、青蛙。当时闹了个笑话，捉到以后，老师告诉我们怎样做标本，用福尔马林处理一下，再放进瓶子里，把盖子拧好。我们就照老师的话做了，但做得没有到位，昆虫只是进入了睡眠状态，但并没有死。到了晚上，老师把我们叫过去说："你们快来，快来呀！看你们惹了什么祸！"我们进到生物组的小屋里，看到满屋飞来飞去的蜻蜓、蝴蝶、活蹦乱跳的蚂蚱，它们苏醒过来，从瓶子里钻了出来，我们又慌忙把它们抓了回去，挨了一通老师的批评。

后来我们苏联学校的夏令营有了一个固定的地方，在北戴河。那时候，北戴河的东山开发了一大片地，专门给苏联专家修建疗养院，由外专局管理。现在这个地方已对外开放，绿荫下星罗棋布的两层小楼依然如旧。这些小楼旁边，还有一块地方当时修建了一座两层高的大房子，把夏令营安排在那里。

1957 年我在那里住了一个月。记得我们每天早晚都要在操场上排好队，举行升旗降旗仪式，纪律要求还是比较高的。晚上自由活动时间，我们的音乐老师，是一位男老师，带上手风琴去操场，我们把他团团围住，一起唱歌，老师给我们伴奏。在那里我学会唱《莫斯科郊外的晚上》。正是那年莫斯科举办了国际青年联欢节，这首歌作为这一重大国际活动的主题歌，马上就流行起来了，受到大家的青睐。

北京的苏联学校，当然是以苏联孩子为主，但也有来自其他国家的孩子，因为来新中国工作的外国专家不但有苏联人，还有捷克人、匈牙利人、东德人，他们的子女也都到我们学校上课学俄语，也有为数不多的中国孩子，可以算是一个国际化的学校。

20 世纪 50 年代，后来被称为中苏“蜜月”时期，中苏友好的确是那个时代的关键词，形成一股热潮。学校也比较重视中苏学生的友好活动，经常安排苏联学生到北京一些中小学和中国同学联欢，有时候也把他们请到我们学校来参加联欢活动。

正是这些活动为我提供了练习翻译的机会，也可以说是一种早期训练。我有生第一次当翻译还是非常早的，是我在俄侨学校读一年级的时候。有一次大课间，我跟着同学们跑到外面去玩。当时学校虽然紧挨着天安门，但外面还是一片乱木丛生的荒地，我们在那儿尽情地玩着，突然间出来一个解放军哨兵，过来严肃询问我们这一群外国孩子是干什么的。俄侨同学一见士兵就有点害怕，又不会讲汉语，不知道该说什么。这个时候我就壮着胆子走出来，向解放军叔叔解释了一下说：“我们就在附近学校上课，课间走动，跑到这里来了。”解放军战士随即和蔼地说：“你们不要再往前走了，赶快回学校吧。”我们便转身跑了回去。这就是我第一次的翻译实践。

我在苏联学校的时候，这种实践就比较多了。有一次我们去先农坛附近的育才中学，先是参观学校，接着观看中苏学生同台演出，和中国同学一起跳集体舞，交换纪念章和红

1957 年夏，在北戴河苏联儿童夏令营，少先队大队长沃罗诺娃向辅导员报告，欢迎中国学生到访。

1957 年秋，苏联学生去北京育才学校参加联欢活动，中苏同学交换徽章，我（右 1）当小翻译。

领巾等。此间，我一直跟着我的苏联朋友奥莉娅，她不会汉语，我就给她当翻译。和中国同学交换徽章的时候，有位记者过来拍照，记录了中苏少年联欢活动的场景，不久把这张宝贵的照片送到了奥莉娅手里。时隔 60 多年，我和奥莉娅恢复联系，她第一件事便是把这张照片传给我。

还有一次难忘的实践机会，那是 1958 年 11 月，十月革命节前夕。当时北京电视台，也就是现在的中央电视台刚刚开始播放节目不久，为了庆祝十月革命，计划播出一台专题节目，请我们学校准备。学校的老师就找到我，让我当一个小主持人，用两种语言报幕。我已经14岁了，但一听还是有些紧张，因为没有参加过这一类的活动。虽然在学校也上过台表演朗诵什么的，但这次跟平时演出是大不一样的，因为要面向整个北京，或许是面向全国。对我而言，这的确是非常紧张的事情。我事先准备了一些台词，当然是比较简单的，主要是报剧目，翻译成汉语，请在家里给我上课的中国老师帮我修订了一下。我也独自排练了几次，心里还是没有把握。彩排安排在复兴门外北京电视台所在地，中方导演看起来不太满意，因为我讲话不是很利索，就让人带我找一个老师，再好好地排练一下。他就把我带到附近的宿舍，这里住着一位刚从苏联回来不久的华侨沙安之老师。她是一个专业播音员，所以就把我交给她，让她帮我排练。沙老师可是非常严格的人，又有俄罗斯人的直爽，说话一点也不客气，如果我没有马上领悟，她就会训人。但我还是跟着她老老实实地排练了一下，最后上台倒是不那么紧张了，也算是比较顺利地完成了任务。

1958年苏联着手搞中学教育体制改革，主要是加强高年级学生的劳动教育，要求学校安排一定的劳动实践，让学生到工厂、到田间劳动3至4个星期。我们学校通过相关的手续得到中方同意，安排学生到北京第一机床厂参加实践。苏联学校放暑假的时间相当早，一般5月底就要放假了。6月份，就规定为劳动实习。北京第一机床厂当时就在今日国贸中心对面，非常有名的北京 SOHO 的那片地方。现在此地高楼林立，现代化气息非常浓厚，而当时出了建国门就是一片农田，完全是乡下的样子，走一段路程，才能看到厂房，看到北京第一机床厂的大门。我们每天早上都由校车送过去，在工厂分拨到不同的车间去参加劳动。

我和其他几个同学被分配到翻砂车间。这是个比较脏的地方，那时候的工艺流程还没有实现现代化，按传统的办法跟黑黑的砂子打交道。我们的任务是把砂子、黏土用铁铲装进模子里，再用木锤使劲儿敲打，形成砂型，最后由专业工人把铁水灌进去，制造零部件。这种活儿需要一定的体力，而且免不了把砂子弄到身上、脸上，双手更是黑乎乎的，想弄干净，必须用刷子擦洗。我回到家里爸爸就问我："你分配到哪个车间了？"我说："到翻砂车间。"他挺高兴地说："那好啊，当年我在法国勤工俭学的时候，就当过翻砂工。现在你也当翻砂工，多好啊。"爸爸这样一鼓励，我觉得这确实是个好事，就高高兴兴每天到翻砂车间去，也算是接触了这一工种，了解了工人的辛苦。

1958 年，在社会主义建设高潮中，国内广大学生干部积极参加义务劳动。一开始有些苏联专家也和中国同志一道参加。我的好友奥莉娅的爸爸是有色金属研究院的著名专家，他就主动参加了修建十三陵水库的劳动。我们学校也事先放了风，说再过一周高年级学生要去十三陵水库，同学们都很

2015 年春，我（左）和雅兰（右）及她的同班同学塔尼娅（中）来到苏联学校旧址，重温少儿时代的美好记忆。

兴奋。结果时间快要到了，我们校领导突然宣布，这一活动因故取消，不去十三陵了。有些同学们去问是怎么回事，还是很愿意参加，结果也没有得到明确的答复，同学和老师们都感到莫名其妙。多年以后，我才意识到，取消这样的安排，实际上是中苏分歧加深的某种预兆。

苏联学校施行的是十年一贯制，1959 年我九年级毕业，剩下最后一年就能拿到高中毕业证书了。这时候，苏联继续搞教育改革，把十年制中学教育体制改为十一年制，而且要求最后一年一定要安排长时间的劳动实习。不知道这是不是借口，但就是因为这种改革措施，在中国附设的苏联学校取消了高年级，说是因为没有办法安排劳动实习。这样，北京只有九年制学校，没有十年级和十一年级了。我刚好是九年级毕业，下面该怎么办呢？

妈妈当时希望我读完苏联高中，不要中途换到中国学校去，因此她就安排我到莫斯科上十年级。于是我在 1959 年 8 月离开北京，自己去苏联了，和我的舅妈住在一起，在附近的中学——莫斯科第 349 中读书，并于 1960 年 6 月顺利毕业。

# 妈妈的打字机

老式的外文打字机陪伴了妈妈的一生。在苏联的时候，她在外文出版社工作，学会了打字。1946年，到了哈尔滨不久，她就赶快买了一台，还是那种可以打英文、也可以打法文的打字机，这也是她原来最习惯用的。她买这台打字机就是想赶快参加工作。当时有不少人劝她说："你好不容易生活条件有了改善，就多多陪伴丈夫吧，或者给他当个生活秘书，管好家务就行了，何必还要到外面去工作，那么辛苦？"但妈妈还是执意要出去，要找跟自己的专业相关的工作。她就是不想在家里待着，当太太享福。她自己十四五岁的时候，就先是半工半读两年，然后就参加工作了，为了挣钱养家，照顾我姥姥而拼命工作，工作就成为她一个很重要的生活内容。

我觉得更重要的是，她有一个理念，认为一个女性无论

1984 年，妈妈用打字机认真写教案。

如何也要有自己的事业，有自己所喜爱的工作，能够施展出自己的专长，这样的生活才是有意义的，能保障自己的独立性。

在哈尔滨，妈妈就主动提出来，她的专业是法语，想找到或者是教书，或者是其他和法语有关的工作。人们一听，就觉得挺好笑的，因为当时在那个艰苦的环境下，在哈尔滨会法文有什么用啊，法文一点用处都没有。别人劝她说："你的母语是俄语，你干吗不做点和俄语相关的工作？现在是非常需要俄语的。"妈妈自己也较快地意识到这一点，很乐意转行从事俄语教学，就到哈尔滨俄语专科学校教书去了。这

1947 年，妈妈（右）和赵洵在哈尔滨。

个学校当时属于解放军专科学校，后来发展成外国语学院。1958 年，在外国语学院的基础上成立了黑龙江大学，就是现在大名鼎鼎的黑大。黑大至今有很好的俄语教学传统。

那时候俄专刚刚成立不久，确实是白手起家的。领导建校工作的是两位热情饱满、素质很高的女校长，一个叫王季愚，一个叫赵洵，她们非常热衷于教育事业，一心想把学校办好。她们两人很快就和妈妈成成好朋友，也给了她不少帮助，让她比较快地适应了新的工作环境，赵洵还成为妈妈终生的朋友。

1949 年，我们家搬到北京以后，妈妈当然要换工作单位了。从 1949 年秋天开始，她同时在两个单位教俄语：一个是北京大学，当时北大刚刚恢复俄语专业，负责俄语系重建工作的是著名教授曹靖华，是他聘请我妈妈到北大教书的；另一个单位叫作北京俄专，当时是属于中共中央的一所专科学校，和中央马列著作编译局是关系非常亲密的一个单位。编译局是翻译单位，俄专是教学单位，有一段时间两个单位的领导由师哲兼任。妈妈差不多有两个学期在北大和北京俄专兼课，后来发现同时担任两份工作有点力不从心，得做出一个选择。想来想去，她还是选择了北京俄专。从此她的工作生涯就紧紧地与俄专，也就是今天的北京外国语大学连在一起了。她从 1949 年一直工作到 20 世纪 90 年代，见证了北京俄专的历史变迁。一开始是专科学校，后来发展成北京俄语学院，1959 年与北京外国语学院合并，1994 年正式改名为北京外国语大学。妈妈是北外发展的历史见证人，也可以说是一个积极的参与者。

在北京，妈妈有了一台俄语打字机，这是她非常需要的，简直是离不开的工具。这台德国制造的名牌打字机是妈妈 1952 年去莫斯科的时候，由她的好朋友、著名汉学家波兹涅耶娃赠送的。妈妈觉得这个礼物太珍贵了，真是爱不释手，因为这台打字机对她的工作确实有非常大的帮助。

妈妈在家里有一个办公桌，放着一摞一摞的工具书、教

1950 年，妈妈和北京俄专学员合影。

科书，还有一大堆的学生作业本，当中占有最显赫位置的，就是妈妈心爱的打字机。每天晚上我都能看到妈妈低着头在那儿噼里啪啦地打字，不是在写教案、编写练习，就是在修改教材，很认真地埋头工作。从小时候起，我就留下了这么一个印象。

现在的年轻人都习惯用电脑，不知道用打字机了。说实在的，打字机不但比电脑要慢，而且要修改稿件确实是很麻烦的。20世纪50年代连涂改液都没有，所以妈妈打完字以后，我经常看到她拿笔在稿件上批改、修订，然后重新来打字，有时则用小剪子剪下要删除的那一段落，扔到纸篓里，另外打出一个纸条贴在稿件上。所以她的办公桌上有剪子，也有胶水，都是她办公所需要的。我还小的时候，非常希望妈妈放下手头的工作，陪我玩一玩、说说话，我就在她身边转来转去，不时地问一声："妈妈，你能跟我玩一玩吗？"妈妈说："不行，我还忙着呢，你等一会儿吧。"这一等就很晚了，该我上床睡觉了，所以总也等不到妈妈有时间陪我玩。

后来我就想了个办法，看到妈妈坐在桌边，就蹭过去，贴在她身边，小声说："妈妈，我给你梳梳头，行吗？"妈妈说："嗯，梳吧。"我就拿起梳子，开始梳理她那头密密的卷发。卷发是不容易梳的，有时候稍微一使劲，就有点拉疼了，妈妈这时候才抬起头来说："轻点！轻点！"有时候我还要给她梳小辫子，妈妈也都是认可的，却还照样在埋头打她的字。

记得我六七岁的时候，快要上小学而且已经学会读俄文书了，妈妈也不知什么缘故，有几次把我带到俄专的课堂上，嘱咐我说："你就乖乖地坐在后排座位上看你的书，不要吵闹。"其实妈妈知道我是个乖孩子，不会在那里大声吵嚷或者淘气，我也确实乖乖地坐在那里。妈妈站在黑板前在讲课，向学生提问，究竟当时讲了什么内容，我当然是记不清了，但是妈妈那种非常认真的讲课姿势，还有学生注意听讲的场景深深地嵌入我的记忆，可以说进入了我的下意识。

三四年级的时候，有一次我看见妈妈桌上的作业本摞得那么高了，就恳求她允许我帮助批改一下。我学校的成绩一直是五分，也就是全优，所以我是很有自信的。我想，妈妈的学生读的是大学一年级，但俄语对他们来说是外语，对我是母语，他们写的都是比较简单的一些单词，我可以学着妈妈试一试，看看有没有拼写错误。妈妈居然答应了，我就很自豪地拿起红笔，想象自己是个老师，开始认真批改。改完了就拿给妈妈看，让她审定一下。她满口说："对，你改得都是对的。"最后她自己在作业上签了字，令我非常得意。

妈妈每年都要带着我去看俄语学院师生的俄语晚会。俄语学院当时有非常有名的男声小合唱，有好几个都是少有的男低音，我很喜欢听他们唱的歌曲。印象很深的还有汪嘉斐老师，当时他可能还是个高年级学生，他上台朗诵高尔基的《海燕》，俄语口音非常纯真，语调生动，充满着高昂的激情，

1955 年，北京俄语学院搬进新建校园后，妈妈和俄语学院教师、同学们在操场留影。

极有感染力。

在北外参加这些活动的时候，我看到老师、同学们都对妈妈那么尊敬和爱戴，不知不觉地产生了当老师真好的感觉，十几岁起就产生了要当大学老师的梦想。而妈妈这种认真负责、一丝不苟的执教态度，甚至她一些很有成效的教学方法，都对我产生了潜移默化的作用。妈妈对所有学生都是满腔热情，充满爱心，以鼓励为主，从来不板着面孔去教训人，平易近人地跟学生交往，耐心地教育他们，用比较巧妙的办法纠正语言方面的一些错误。有些学生回忆，妈妈进教室，发现课堂上的气氛不够活跃，不是去严厉指责，而是开玩笑说："今天怎么这样不给力呀，昨天没睡好觉吧？"如果课堂上出现疲劳、涣散的气氛，开个玩笑，学生马上就会振作起来，重新集中注意力听老师讲课。这个教学方法妈妈是很重视的，而且亲口传授给了我。

1964 年，妈妈主动要求下到一年级，给刚刚入学的学生讲实践课。应该说，外语实践课，特别是低年级实践课，对老师来说是负担最重的一门课程。一是课时多，二是要费更多的精力。多少年以来，妈妈一直教授研究生和高年级学生，在一些教师培训班上课，这次为什么主动要求下去呢？20 世纪 60 年代，北外侧重于招收一些边疆地区、农村地区贫困家庭的学生，妈妈看到他们穿着一身补丁的衣服来到学校，也发现他们执着地追求知识、勤奋学习的态度，她很感动，也

师生情谊深。妈妈和她的老学生，后成为同事的武秋霞在一起。

很同情这些穷苦家庭的孩子。另外她认为，一年级学生是最纯朴的，最愿意吸收老师给他们的知识和教诲。她说："我好久没有体验过这种上课的乐趣了。"这就是她想再一次回到一年级讲台上的原因。

妈妈跟这个班级形成了非常和谐、非常友爱的关系，虽然学生原来的基础比较差，但妈妈对他们的学习态度、学习热情非常满意，也清楚看到他们的迅速进步。每次上完课她都感到精神上的满足。这个班级的学生，后来有不少人都成

1979年底，妈妈回北京后，老学生主动赶来看望老师。（左起：前排刁蓓华、李莎、叶玉兰；后排汪嘉斐、冯颖钦、张孝廉）

长起来，工作很有成绩，现在见到我，总要带着十分亲切的感情来回忆那些和妈妈在一起的日子。

20 世纪 80 年代，妈妈重新回到俄语教学领域之后，就更加珍惜在学校的时间，珍惜能回到课堂上讲学的机会。虽然她年龄不断增长，工作热情却丝毫没有减退，反而更加高涨了。

20 世纪 70 年代末，北外在中断多年招生之后，招进第一批研究生，妈妈和其他几位优秀教师接受了研究生班的教

1981年，妈妈和80年代第一届研究生班的同学们一起去颐和园春游。

学任务。妈妈跟这几位研究生几乎是天天相处，课下有时还一起出去游玩，建立了非常好的师生关系。

80年代我和妹妹也已经成为俄语教师，我们母女三人那时候都算是同事，而且还住在一起，这就形成一种比较独特的家庭氛围。家里中餐厅摆着一个椭圆形大桌子，是妈妈在50年代买的俄式大木桌，妈妈很喜欢。我们围着这张桌子在一起吃饭、喝茶的时候，经常谈的都是教学上的事情或者是俄语方面的问题。比如说，那个时候我们开始重新阅读大量俄文刊物和当代文学作品，发现时隔20年后俄语有了很大发展，出现了很多的新词新意，究竟应该怎么理解、怎么运用、怎么翻译成汉语，等等，这都是我们时常琢磨、热烈讨论的话题。此外，很多是属于教学方面、教学法方面的问题。我们三人讲完课回到家里，喜欢交流这一天课堂上的具体情况和碰到的一些问题。妈妈借此给我们姐妹讲一些教学上的故事和具体的教学方法。

妈妈那台老打字机等了她十年，这时候又开始继续服役。但一台打字机已经不够我们三个人用了，后来1984年我去莫斯科的时候，又买回来了一台俄文打字机，这样我们就有两台打字机，可以同时摆在大桌上。这张桌子吃饭时是饭桌，办公时就是办公桌，有时候是两台打字机摆成一排，有的时候是对放着。我们一边打字，一边探讨问题，商量着，真是像一个俄语教研室那种感觉。

1987 年夏，北戴河。暑期妈妈仍然和打字机形影不离。

虽然有了一台新的打字机，但妈妈对老打字机还是很有感情，就像是对一个老朋友似的，能用的时候还是用它。我劝过她多少次说："你就放弃吧，很不好用了，就用这台新的吧。"她说："不，我还是习惯我这个老打字机。"到后来那台打字机实在老化了，好不容易找到一个修理店，我把它用自行车驮着，送到西单那边去修理。修好可以用了，拿回家来，妈妈非常高兴。结果还没用多长时间，我的小外甥、雅兰的儿子，当时他还很小，也比较淘气。他看见打字机放

20世纪80年代，妈妈和俄语学院的同事们讨论俄语教学问题。（左起：周圣、汪嘉斐、白春仁、冰斌、李莎、袁宁）

在桌上，就爬上去一屁股坐在上面，这台打字机就彻底地报废了。妈妈没办法，只好改用新的打字机，这时候我和雅兰慢慢开始用电脑，也不跟她抢打字机了。妈妈后来就用打字机，一字一字地打出了自己的回忆录，这是另外一个故事了。

说起妈妈的教学生涯，有人统计过，妈妈在中国执教50年，培养了一千多名俄语人才，其中有不少都成了知名人士，有专家教授、翻译家、高级外交官，还有一些人成长为将军、政府部长等。但我觉得，妈妈所看重的并不是谁当了什么官，她只要听到自己的学生毕业后能用好俄语，用好在学校所掌握的知识，她就感到由衷的高兴，学生成为国家栋梁之材，妈妈就觉得自己的心血没有白费。

1998年，国际俄语教师联合会给妈妈颁发了普希金银制奖章，表彰她在俄语教学方面的突出成就。这是妈妈最珍爱的奖章之一，让她觉得自己一生的辛勤劳动得到国际上的认可。应该说，妈妈是不在乎荣誉的，也不追求名利地位，她更珍惜的是人们之间的真诚情感，所以到了晚年，每当她原来的一些学生、老同事来看望她，跟她一起叙叙往事，说说笑笑，这是妈妈最高兴的时候。因为这个时候她可以享受桃李满天下的快乐和满足，也使她再一次深深地感到自己的一生并不是碌碌无为的。

# 国际保育院的哥哥姐姐们

俄罗斯有个城市叫伊万诺沃，这个地名我很小的时候就记住了。伊万诺沃距离莫斯科有 300 多公里，是一个纺织城，历史上的人口一直以女工为主，所以在俄罗斯还有一个美名，叫作“未婚妻之城”。但是咱们中国人了解伊万诺沃，主要是因为 1933 年共产国际在那里创办了国际保育院，为的是给正在艰苦环境下浴血奋斗的各国共产党人解除后顾之忧，给他们的子女提供较安定的生活学习环境。20 世纪 30 年代有很多的中国孩子陆续来到伊万诺沃。据说那些年里，人数最多的是德国孩子，德国共产党人的后代，第二多的就是中国共产党人的子女们，也就是我们现在爱说的“红二代”。

我一直生长在父母身边，没有进过伊万诺沃保育院。但是我们一家人和保育院的孩子们有着千丝万缕的联系，在生活道路上有许多交叉、许多共同点，所以很有亲密感，我就

1987 年，保育院的哥哥姐姐们把一位来自波兰的老同学（中）带到我们家来，高高兴兴一起合影。

把保育院的中国学生视为自己的哥哥姐姐们。

我记得，第一次听说有伊万诺沃国际保育院是1949年夏天的事情。当时我父母的老朋友、诗人萧三和他的德国妻子叶华带着两个儿子萧立昂、萧维嘉从苏联来到北京，妈妈去看望萧三夫妇，从此开始经常来往。我当时就听说比我大一些的萧立昂、萧维嘉在伊万诺沃保育院待过两年，身为专业摄影家的叶华还专程去那里拍了许多宝贵照片。我在萧三家跟着两个哥哥翻看这些照片，熟悉了很多中国孩子的面孔，了解到他们在保育院的一些生活情况。

1951年，我在俄侨学校上完一年级，因为学校到5月底就放假了，爸爸就跟妈妈说："你看时间那么早，离暑假还有一个多月，让英男利用这段时间补补汉语吧。"于是家里联系上北京育英小学，把我送过去了。那是一所专门为干部子弟开办的学校，进行封闭式的教育，我第一次离开父母在学校住了一个多月。虽然育英小学的条件比普通学校要好一些，但毕竟中国的经济状况当时是比较困难的。平时我跟着一年级的同学们一起上课、一起住在宿舍里，但到吃饭的时候，学校为了照顾我这个刚从家里出来、又有外国习惯的孩子，就安排我在食堂坐到另一个桌上。

第一天老师领我到另一个桌边，我看见一群比我大些的男女生，有十一二岁了，感到生疏、拘谨。但一听他们之间用俄语相互交谈，相互称呼着俄罗斯的名字——金娜、法雅、卡加，怯生之感便立即消失，毕竟我当时对俄语更习惯一些。这群孩子大约一年前离开苏联，从伊万诺沃国际保育院回国，一部分来自小班的学生进到育英小学学习。为了照顾他们，让他们能够较顺利地适应国内生活，校方就给他们安排了专桌，让他们吃好一点，主要是早上提供牛奶、鸡蛋，平时炒菜里多放点肉。我跟保育院的同学们不是一个班级，但因为每天在一起吃饭，下了课经常一起玩，很快就结成好朋友，他们把我当成一个小妹妹来照顾。尤其是有一位热心的哥哥，叫瞿克林，是瞿秋白的外孙。他妈妈瞿独伊大家都很熟悉，她也曾经在国际保育院待过一段时间。后来克林在苏联出生，同样送进了保育院，可以说是保育院第二代中国学生了。可惜，他因病早逝，同学们都为他感到悲痛。

从那以后，我就和保育院的哥哥姐姐们建立了非常亲密的关系。后来才知道，其实我父母很早就认识了一些年龄较大、“大班”的保育院同学。保育院是根据年龄分大班、中班和小班的，大班的学生跟我妈妈的年龄比较接近。比如说，和我妈妈一起回国的林伯渠的女儿林利，是妈妈非常要好的好朋友，她也在保育院待过。还有独伊大姐，她曾经还跟着她的妈妈杨之华在莫斯科参加过我父母的婚礼，一直到妈妈晚年，她们两人关系还非常亲密，见面时总是有说有笑，妈妈十分欣赏独伊大姐开朗、乐观的性格。

保育院的学生，大多都有不同凡响的人生故事，年纪大了以后，来我们家时，都愿意讲讲这些故事，回味远离的往事。比如蔡和森的女儿蔡妮。她是生在莫斯科的，妈妈向警予在大革命时期牺牲了，父亲工作很忙，把孩子早早送到一个普通的苏联保育院，蔡妮是那里唯一的中国孩子。蔡和森于 1930 年回国，临走时来向女儿告别，这是蔡妮最后一次见到她父亲。回国后不久，蔡和森就牺牲了。蔡妮在苏联根本不知道这个消息，她处在与中国毫无关系的环境中，一个人和俄罗斯孩子在一起，渐渐地连母语都忘光了，只知道自己的名字。大家都叫她妮妮，也知道她姓蔡，但父亲究竟叫什么名字，干什么的，母亲是谁，妮妮的记忆中没有什么印象了。国内的亲人，包括她姑姑蔡畅也不知道孩子在哪儿，以为失联了，再也找不到了。

幸亏 1933 年发生了意外的奇遇。当时我父亲已经在苏联工作了，共产国际安排他去黑海之滨老布尔什维克疗养院休养，附近就是儿童疗养院，蔡妮当时跟着其他孩子也来到那里。父亲听说隔壁疗养院里有一个中国小姑娘，一打听叫什么名字，说是姓蔡。父亲马上就想起蔡和森，因为他和蔡和森是好朋友，也知道蔡和森有个女儿留在苏联了。父亲赶快去见了蔡妮，辨认出确实是蔡和森的女儿，便把这个消息通过共产国际转告给蔡妮的姑姑蔡畅，不久蔡妮就跟家人恢复了联系。父亲觉得还是让她和中国孩子在一起更好，所以回到莫斯科以后，想方设法把她安排到国际保育院和中国同

2012 年，妈妈和蔡妮及其夫婿洪戈。

学们在一起了。另外，蔡妮到我们家的时候，还回忆说，我父亲对她一直非常关心，五一节的时候把她从保育院接出来，带到莫斯科走走、玩玩，让她非常开心。所以蔡妮一生中对我父亲一直保有感激之情。

保育院大班的另一个学生沈林如也经常念叨我父亲。沈林如的妈妈回国后，我父亲逢年过节把他接出来小住几天，有一次还带他到红场去观看军事检阅和群众节日活动。沈林如因当时年龄还小，不记得亲生父亲，还以为我父亲就是他的亲爸爸。保育院的老师们见到我父亲来接他的时候，就呼唤着孩子的俄罗斯名字说："沃娃，沃娃，你爸爸来了！"沈林如长大以后才知道，我父亲不是他亲生爸爸，但后来他一直和我们一家、和我的父母保持着亲人般的亲密关系。

保育院的朱敏姐姐的故事尤为动人。朱敏给我的印象是很深的。1953 年夏天，有一次我跟爸爸妈妈看演出，中间休息的时候，有一个很年轻、又很精神的女子走了过来。她长得比较丰满，精神焕发，热情洋溢，一开口就用纯正的俄语向妈妈打招呼。我不知道该怎么叫她才好，后来就问妈妈："这个阿姨是谁？"妈妈说，她叫赤英，是朱老总的女儿，刚从苏联回来。我这才发现不应该叫阿姨，按照这一代人的习惯应该叫姐姐，是我的大姐姐。现在不少人都知道，赤英回国后一直叫朱敏，她的传奇故事，已经家喻户晓了。我是 20 世纪 80 年代初亲耳听她讲过。当时她在我们家，讲述了自己二战期间的遭遇。1941 年，她刚到苏联不久，就和伊万诺沃保育院的一批同学一起被送到离苏联边境不远（现在属于白俄罗斯）的一个地方疗养。没有料到，战争会突然爆发，德寇大举侵犯苏联国土，各个单位匆忙撤退，在一片慌乱中，疗养院里的孩子们失去了老师，也失去了和保育院的联系，只能自力更生，相依为命。朱敏带着深厚的姐妹情，讲述了一直和她在一起的两个捷克女孩子米拉荷和付拉斯塔的故事。她们靠着团结友爱，克服了许多意想不到的困难，在敌人的后方，在德国法西斯的集中营里顽强地活下来，开展了抵抗斗争。朱敏还讲述了自己被苏联红军解救的整个过程，对当时热情帮助她、照顾她的一个苏军少尉表达了深厚的感激之情。

我们家一直吸引着陆续回国的伊万诺沃保育院同学们。还在哈尔滨的时候，李敏、毛岸青率先回国，父亲的战友就把他们带到我们家来。在北京就更是这样了，保育院的许多哥哥姐姐们经常来我们家。因为这些孩子刚回来的时候不大会说汉语，除了语言上的障碍，还有文化上的差距，都给他们造成一定的困难。除此之外，也有一些家庭因素，他们很久没见过父母，有的根本就没有记忆了，等回国以后，有人发现亲生父母已经离异，组建了新的家庭，因此他们需要和自己的家人重新建立感情，要克服各种各样的语言文化和心理障碍。他们大多数人都是住校的，有不少人的父母还远在外地，所以他们很愿意来我们这个有俄罗斯氛围的、温馨的家庭。

当时保育院同学们的聚会地点，在北京主要是萧三家，这是他们活动最多的地方，第二个地点就是我们家。在我们家里保育院的哥哥姐姐们也是非常开心的，因为他们可以用俄语交流，可以吃上他们自小习惯的俄式菜。妈妈知道星期天可能要来一帮同学，就提前嘱咐我们家的厨师，让他准备做一大锅红菜汤。他们当时都是十几岁二十岁上下的青少年，胃口可大了，正好是长身体的时候嘛，所以坐在一起吃饭的时候，大口大口地吃，吃了一碗，还要一碗。妈妈的热情款待，给这些保育院长大的孩子们带来了一种温暖和精神上的寄托。吃了饭以后，大家在一起放声唱苏联歌曲，我当时正在学钢琴，弹得不算好，但是哥哥姐姐们让我坐在那里给他们伴奏，他们当中也有人能用一两个指头弹出一些曲子来。长大了点，我就开始跟着他们学习跳交际舞。记得一开始是坐在一边看着他们跳，很欣赏很多人的舞步舞姿。刘霞姐姐当时留着又粗又黑的长辫子，几乎拖到腰下面，一跳起舞来，辫子就唰唰地飞起来，连裙子带辫子一起旋转，我心里很羡慕。偶尔有几个大哥哥把我拉起来，教我跳。第一个教我跳圆舞曲的是李多力，然后还有肖苏华。肖苏华当时是北京舞蹈学院的学生，专门学舞蹈的，舞姿非常标准、优美。我这个十几岁的孩子能和他们一起跳舞，顿时觉得自己被抬高一大节，变成大人了。

说到肖苏华，我们在 20 世纪五六十年代来往就很密切。肖苏华是学芭蕾舞的，他这个爱好早在苏联的时候就培养出来了。他在保育院就参加了舞蹈组，参加了一些演出，当时就立志要当一个舞蹈家。可回国以后，碰到了不小的困难，当时我们国内还没有芭蕾舞，也没有舞蹈学院，而且家里也不怎么支持他，认为男孩子学军事、学理工才是正事。但肖苏华非常执着地追求自己的理想，一定要学芭蕾，一听说北京于 1954 年创办了舞蹈学校，就马上报名要学习。虽然年龄大了些，但因为他这样坚持，学校还是批准他入学，让他开始学习芭蕾舞。而且他还有一个独特的优势，就是他那流利自如的俄语。舞蹈学院创办初期担任教学的大多是来自苏联的专家，肖苏华和他们交往非常方便，领会得也比较快，还经常帮助其他同学沟通。他到我们家来以非常佩服、赞赏的口吻讲他的苏联老师，特别是著名的芭蕾舞编导古谢夫。我的父母都很喜欢芭蕾舞，我和妹妹也受他们的感染，我还在哈尔滨上幼儿园时，就参加了舞蹈组，也很愿意学芭蕾，但是后来在北京就没有机会了。我妹妹也同样有这个愿望，而且她比我小，年龄还比较适宜，妈妈就在肖苏华的陪伴下带着雅兰去学校拜见了古谢夫教授。古谢夫看了看，觉得雅兰的身材等条件是很好的，又转眼看了看我妈妈。我妈妈当时四十来岁，是典型的俄罗斯女性身材，年轻时很苗条，到中年以后就发福了，古谢夫就有些担心，雅兰将来会怎么样。听说主要是因为这个缘故，他就没有接受我妹妹入学。古谢夫是一个专家，但这次他判断错了：我妈妈随着年龄的增长反而变瘦了，做到了“老来瘦”，雅兰也很长时间保持着良好的身材。就因为这件事，她就没有当成芭蕾舞演员，当时回到家里呜呜地哭了半天，但后来也跟着妈妈一样，当了俄语老师并成为一名有名气的翻译家。

正如我前面所讲的，我们姐妹俩和伊万诺沃保育院的哥哥姐姐们有许多共同点，都是以汉语和俄语为母语，也都受过俄罗斯文化的熏陶，自小产生了根深蒂固的俄罗斯情结。保育院的同学们回国以后，有的很快就开始发挥自己的俄语专长，比如大班的林利、欧阳菲，新中国成立前，她们在哈尔滨就开始承担重要的俄语工作，给中央领导担任翻译，后来参加了像《毛选》四卷等重要文献的翻译。比她们年轻一点的像刘霞，她回国后被安排到国际广播电台工作，她的发音、声调都非常好，工作卓有成效，成了一名资深的俄语播音员。于彬在《中国画报》一直担任翻译、编辑，为中俄交流做出了自己的贡献。李树华成为新华社优秀的翻译、编审，直到七八十岁高龄还在勤勤恳恳地工作。另有不少人，最初因为当时的社会需要，还有父母的意愿，就没有学文科，也没有搞俄语工作，而是去学理工或者学军事，有不少人进了哈军工等军校，毕业后成为军人。而到了 20 世纪 80 年代，两国关系恢复正常之后，有不少保育院的同学又转向俄语领域，因为当时俄语人才，特别俄语水平高的人才非常稀缺，社会需求较大。如蔡妮大姐，她原来是医生，尔后转到我们北外，退休前一直在从事俄语教学工作。还有“小班”的任远芳、秦吉玛、柴娥丽等许多人这时候被聘请到一些外贸公司从事中苏经贸合作。她们都非常努力地把有些淡忘的俄语又捡了起来，在这个领域中工作了好多年。记得是 1990 年，我当时在莫斯科时，意外得知，像秦吉玛、柴娥丽、任远芳她们也因公到莫斯科了，我们几个人高高兴兴地在红场见了

1990 年春，柴娥丽（左 1）、秦吉玛（左 2）、任远芳（右 1）和我在莫斯科红场留影。

2009 年，李敏祝贺妈妈发表新书。后排右 1 为李多力。

面，还拍下了难得的照片留作纪念。

随着两国关系不断深入，保育院的同学们这一特殊群体在巩固和发展中俄友好方面的作用越来越凸显，有很多人把自己晚年的余热，都放在推动中俄交流，特别是文化交流方面了。比较突出的例子就是李多力，他原来是个军人，退役后 20 多年来一直在从事中俄经贸合作和文化交流，发挥着他天生的专长。最近几年，他热心于帮助两国军事博物馆等单位建立联系，开展交流，有不少生动的故事。有一年李多力来到圣彼得堡，参观著名的“阿芙乐尔”号，发现那里有一个图片展览，专门介绍和“阿芙乐尔”号同代的各国军舰。英、美、法、德等国的都有图片介绍，就是没有中国的。李多力马上找到馆长提出质疑，问他：“怎么没有中国的军舰？”馆长说：“那您能介绍吗？我们还真想找呢，但我们对中国缺乏了解，很想知道那个时代中国有没有军舰。”李多力说，当然有了，就和馆长讲了中山舰的历史故事，馆长非常高兴。后来李多力帮助“阿芙乐尔”号纪念馆和武汉辛亥革命纪念馆建立了联系，因为辛亥革命纪念馆里就有介绍中山舰的内容。两个博物馆的馆长实现了互访，使俄方加深了对中国历史的认识。

李多力还做了一件很好的事情，他策划推动了保育院同学回忆录俄文译本出版项目。该书最早是毛泽东、刘少奇、朱德、周恩来、任弼时等五位领导人后代的回忆录。李多力主动与外文出版社联系，亲自安排俄文翻译、编辑，把自己的心血倾注到翻译出版的全过程。在李多力积极策动下，我们全家都动员起来，参与了这几本书的翻译工作，包括我妹妹雅兰、我的大儿子刘铮，还有我，甚至我妈妈。当时妈妈年纪已经很大，快九十岁了，李多力恳切地说："李莎阿姨，你可一定要出面参加呀，这是李敏写的书，一定要保证翻译质量。"我妈妈当时就拿起笔来，对译文做了最终的审订。

共同的事业进一步深化了我们一家和保育院同学们的情谊。

应该说，伊万诺沃始终是保育院同学们的精神家园，也是他们追逐儿童时代的美好梦想之地。从 20 世纪 80 年代起，保育院举办校庆的时候，他们曾多次奔赴伊万诺沃，与老同学们一起联欢。2013 年，恰逢国际保育院创建 80 周年，我得知后提出一起去的请求。从小耳边反复听到伊万诺沃，却还从未去过，应该借机弥补呀！那次去参加校庆的有几十个人，在所有校友代表团中，中国代表团是人数最多、阵容最强的一个。我们乘坐大巴从莫斯科出发，在路上颠簸着走了七八个小时，我看到这些七八十岁的哥哥姐姐们还是那样精神饱满，情绪高昂，一路又唱又笑。到了学校，见到来自其他国家的老同学，大家像亲人一样，拥抱亲吻，一起参观校史展览，回味着儿童时代的时光，那动人的场面真是独一无二的。

2013 年，刘爱琴、刘丽达（中）和我在伊万诺沃。

那一年陪同我们去伊万诺沃的还有年轻的一代，其中有刘少奇的重孙女刘丽达。她生在俄罗斯，是一个中俄混血儿，掌握两种语言，融合了中俄优秀文化传统，对爱琴奶奶、对老人长者十分尊敬，精心照顾，对先辈们怀有深厚的敬仰之情，表现出独特的魅力和聪颖。丽达是个积极向上、充满青春活力的人，热心于中俄合作交流，推动中俄友好。看到她立志于继承先辈事业，积极从事中俄友好活动，我感到由衷的高兴。另一位国际保育院最年轻的中国学生叫王娜，俄文名字叫娜加，她是著名将领刘亚楼的外孙女，于 20 世纪 90 年代进入保育院学习，现在也在从事中俄交流工作。中俄合作后继有人，年轻一代是希望所在。

在俄罗斯大使馆招待会上和保育院的哥哥姐姐们再次相见。

最近我还听说一个引人注目的中俄教育合作计划，想把国内贫困地区的小学生送到伊万诺沃保育院学习。经过各方不懈努力，在中国驻俄罗斯大使李辉的积极推动下，中俄双方已签署了相关的协议。我觉得这个合作项目非常好，使历史上中俄教育合作的传统得以发扬光大，体现出了中俄世代友好的重要理念。

我至今还经常和保育院的哥哥姐姐一起聚会，他们都已八十多岁了，不少人过了九十，向百岁进军，可是走到一起，他们就跟孩子一样，天真快活，真是返老还童。他们这种内在的乐观、豁达、积极向上的精神，我觉得是他们健康长寿的秘诀。看着他们，我还深深地体会到，的确是国际保育院培育了他们良好的素质和精神境界。他们的集体主义精神，他们的友爱团结、平易近人的作风都是十分感人的。他们一辈子为祖国勤奋工作，不为名，不为利，不求荣华。他们在真正意义上是接地气的，从来不摆什么架子，也不以“红二代”自居，就是把自己当作自食其力的劳动者、祖国的普通公民。这一切都是我要向哥哥姐姐们学习的宝贵精神财富。

# 我是中国人

像我这样一个在跨国家庭出生的人，有两种母语、两种不同的文化背景，很自然会面临一个认同问题，十五六岁、马上要步入成年的时候，我就产生了一些困惑。翻开当时写的日记，有一句醒目的话："我究竟是什么人？是俄罗斯人，还是中国人？我觉得今后一定会遇到不少困难，因为我既不完全是俄罗斯人，也不完全是中国人。"短短的几句，点出了一个至关重要的问题。生活之路不久就把我推到交叉路口，让我自己做出抉择。

北京的苏联学校经过改制，取消十年级毕业班，妈妈就说让我去莫斯科读完中学。她当然非常希望我能留在莫斯科继续升学，进入莫斯科大学之类的好学校。爸爸也表示同意，因为那时候留苏是很光荣的事情，而且我的二姐李力就是留苏回来的，所以父母觉得我自小学俄语，在莫斯科上大学是顺理成章的事情。于是我就只身一人出国到了莫斯科，住在舅妈家里。那是父母和姥姥、舅妈一家曾经合住的房间，也是我当年出生的地方。

舅妈对我十分关爱，照顾得很周到，但是我第一次离开父母，到了一个崭新的陌生环境，就特别地想家，想北京，怀念中国，晚上躺在床上悄悄地哭鼻子，不想让舅妈看见。这种情绪日夜缠绕着我，逐步变成一个执着的意愿和强烈的动力——一定要回去，回北京，回中国。不仅如此，我当时已经意识到，今后在哪里生活，关系到选择国籍、确定自己的民族属性这样一个举足轻重的大问题。当然那时的想法还比较简单，只觉得我要在中国定居，不想离开中国，我就应该是中国人。想好之后，我首先给父亲写了信，告诉他，我有这种意愿。父亲非常高兴，表示完全支持。妈妈则有些失望，还试图说服我继续在苏联留学，然而我坚持自己的主意，办理了回国手续，于 1960 年 9 月初回到北京来。见了面，妈妈就跟我说："你选择了这条路，那就应该自己担当，无论遇到什么困难，都由你自己负责，不要叫苦啊。"我给她说："行，我下了决心，就一定要走下去，不会叫苦的。"

选择认同中国的道路不是平坦的，一开始确实遇到了不少困难。我想，既然我是中国人，那么第一步就应该把中文学好。原来在家里也不是不学，我毕竟是在中国环境下长大的，所以口语交流能力，甚至初步的翻译能力还是有的。刚上小学一年级的时候，家里请了中文老师，一般是每周一对一地上两次课，一直坚持到我离开北京去莫斯科为止。通过连续九年的学习，我开始认汉字，并能读一些东西。记得最后一年，我在中文老师的帮助下读完了当时的畅销书《青春之歌》。这类当代文学作品基本上都能读下去，但因家里不愿给我增加太多的课外负担，老师不留作业，所以很少提笔练字，许多字能读、不能写。在莫斯科给爸爸写信的时候，我决定改用中文，并且说到做到，但真拿起笔来，觉得困难可大了，很多字不会写。怎么办呢？手头又没有什么《新华字典》，没有带汉语工具书来，只有一本厚厚的《俄汉字典》，我就想办法，把不会写的某个汉语单词，先译成俄语，然后通过《俄汉字典》去查找相应的汉字。这样找来找去是非常费工夫的，记得给爸爸写的第一封信只有半张纸，却用了整整两个多小时才写完，可见我当时的中文水平有多差！幸亏当时在莫斯科有父母的好朋友黄一然担任我国使馆的科技参赞，他的夫人、妈妈的好朋友赵洵也正在莫斯科大学读博，他们两人都非常支持我。赵洵阿姨找到一位在莫大讲学的汉语教授，每周给我上课，主要是讲古文，让我学习、背诵一些古诗。当时我学得特别带劲的，就是白居易的《琵琶行》，从头到尾都背了下来，回国后还津津有味地背给爸爸听，受到爸爸的鼓励和夸赞。

1960 年 6 月，我顺利通过了苏联十年制学校的毕业考试，

1960 年夏，我在莫斯科中国大使馆新楼前留影。

而且拿到金质奖章。获得金质奖章是很不容易的，要求很严，不仅毕业考试要求门门得优，而且十年来每学期的期末考试应该全是五分，不能有一个四分，我都做到了。金质奖章获得者当时可以享受优惠政策，免考进入大学，只需参加面对面的座谈即可。因此我当时如果真想进莫大，或是其他一些苏联高等学府，应该是没有问题的，但我还是决定回国。

回来以后，发现要在国内上大学，自己的汉语水平显然是不够的。有人向我爸爸妈妈提议说：“你们看，女儿回来了，她俄语又那么好，现在国际广播电台对苏广播正缺播音员，何不让她马上参加工作？”父母向我转达了这个建议，但我说：“不，我还是要继续学习，要读大学。”当然父母也很希望我继续学习，拿到大学文凭，那么第一步就需要补习汉语。于是我回来第一年，就上北京大学外国留学生汉语补习班读书。

那时候北大的汉语补习班是两年制，大多数留学生一年后，就进入各系学习，唯独中文系要求补习两年。第二年重点补习古文，培养汉语写作能力，这正好是我所需要的。在北大补习班的那一年，对我帮助很大，提高了我的汉语阅读、写作能力，也为我打下了古文基础。不能说现在我的古文有多好，但所掌握的一点知识都是来自那个时候。我立志要和大家一起参加高考，所以读了一年补习班还是觉得不够，第二年到北京女十二中高三班继续学习，等于又回到中学去了。这倒也合适，因为苏联学校是十年制，和中国同学相比，提前两年毕业，现在正好“归队”了，班上都是我的同龄人，我和他们走在一起了。

在高三学习的时候，我闹过几次笑话。有一次语文课上，老师让我朗诵古诗，我一开口，全班便哄堂大笑。为什么？因为我的汉语语调当时是很不准确的，四声掌握得不好，同学们听起来觉得怪怪的。另有一次语文课测试，我平生第一次被判了个不及格，拿到卷子一看，只有 43 分，觉得好丢脸啊！在苏联学校从一年级到十年级，一直门门是五分，用现在的话来说是个小学霸，怎么变成了个落后生？我是很不甘心的。所以除了在学校努力以外，我还在课下跟老师一对一地学习，特别是练习写作，丰富自己的语汇，适应中国学校的考试方式等。

考虑到自己的语文水平，我改变了志向。本来回国的时候，梦想进北大中文系学习，这时意识到中文知识如同浩瀚大海，我再努力，也难以达到北大的要求，还不如发挥天生的优势，以外语为专业。选哪一种外语好呢？根据当时的国际形势，我选择了西班牙语，高考前填写志愿，选择了北京外国语学院西班牙语系。

1962 年 8 月，我如愿以偿，考进北外。入学后，学西班牙语果然一点也不吃力，汉语水平也继续逐步提高。但此时出现了一个新的更大的问题，那就是如何融入中国社会。首先是融入学校的环境，和同学们打成一片，让他们完完全全地把我看成是自己人。刚进北外校门的时候，和同学们是有距离、有隔阂的，因为在大家眼里我是个“小洋人”，穿戴、发型都与众不同。女生当时要不梳辫子，要不剪短发，而我还是像俄罗斯时兴的那样把头发梳成一个大纂儿盘在脑后。我自小习惯于一年四季都穿裙子，住校第一年冬天较冷，宿舍里温度在 13 至 14 摄氏度，我还是坚持不穿长裤。正因这身打扮，到学校报到的那一天，我真碰了个钉子，差点被拒之门外。门卫注意到我的花裙子、“奇装异服”，可能把我当成外国人，或是一个要闯进校园的不三不四的女孩子。他把我喊住，厉声厉色地盘问：“来学校干什么？”我说：“我

1963 年春，在北外和同学们合影。

是北外的学生。”“你是学生？你的学生证呢？”“没有。”“一个学生怎么没有学生证？”我说：“我今天就是来报到的呀。”他半信半疑，解释了半天，他才放我进去。

当时住校的条件比住家艰苦得多，学校的纪律要求又很严，每天早上 6 点打铃起床集体出操；一周只有一天能回家，星期天晚上 7 点半必须回到教室集中自习。开始我很不适应，心里苦闷，这时爸爸给了我精神上的支持，勉励我要遵守学校的纪律规定，过好集体生活，和同学们建立良好关系，不要过分突出，等等。一开始我还想找个折中的办法，巧妙维

1964 年 5 月，跟着全班同学到颐和园春游。

持自己的一些习惯。比如说，在学校食堂吃饭，自己要带饭勺。本来家里用的都是妈妈从苏联买回来的银合金大汤勺，很精致，同学们用的则是薄薄的简陋的铝勺，我看不上眼，不想用，怎么办呢？突然想起家里还有特制的木勺，是俄罗斯的传统工艺品，但也能用来吃饭，我就带着木勺到食堂。同学们觉得很新奇，问我这是怎么回事。我说，这是俄罗斯农民用的勺子。这倒一点也不假，但那是历史上的事情了。我找到这样的托词，心想，如果说是农民用的，那就不是资产阶级的东西，老师同学们就不会责怪了。就这样，我用了好几年木勺，在学校因此出了名。

说实话，我和同学们的日常关系一直是很不错的。因为学习上不怎么费劲儿，同学们经常找我，我也乐意帮助。但是要真正变成“自己人”，消除不同文化、不同背景所造成的隔阂，这不是一时一日的事情，而是通过长期的共同生活、共同学习、共同参加劳动，才逐步做到的。那些年代，劳动是学生的一门必修课。入校第一年给我印象最深的，就是掏粪劳动。那时候北外校舍处于郊外，周围全是农田菜地，校园没有完整的下水道系统，每栋楼都有独立的大粪池，需要人工定期清理。到时候，周边的农民赶着马车，带着大粪桶来校园，学生的任务就是帮助掏粪。我们一年级同学正好在寒假前被安排了这样的劳动。记得当时天气很冷，我们冒着寒风，戴上大手套，跟着掏粪车在外面操作，给老乡当助手。

20 世纪 60 年代，全国掀起了向劳动模范时传祥学习的热潮。时传祥是一个淘粪工人，长期在北京崇文区街道工作。有一次，学校争取到难得的锻炼机会，安排学生到时传祥原来工作的地方参加劳动，向工人们学习。我们到了崇文区，走进北京的老胡同，背上粪桶，拿起大粪勺，跟着工人师傅从这个四合院到那个四合院，串来串去，跨门槛进院子，便直奔茅房去掏粪。这是我第一次进入北京普通居民的大杂院里，第一次看到简陋的蹲坑茅房，给了我很大的震动。

后来我有两次机会下乡，参加了社会主义教育运动（简称“四清”）。第一次我在北京郊区小红门公社待了两个月，现在那里已是高楼林立的市区，当时还遍地是菜园，一派农村田园风光。我们同班同学一起下去以后，被分配到老百姓家里同吃同住。我们的任务就是访贫问苦，走访村里的老百姓，了解各户历史，听他们讲过去的故事，并做些记述，整理“阶级成分登记表”。要完成这个任务，当时一个重要问题，就是要学会和老百姓打交道。因为进到老乡家里，不光是要打招呼，还要提问，要引导人家打开话匣子。对我来说，这是很陌生的事情，真的不知道从哪里下手，怎么开始交谈。幸亏我们村工作队的负责人是北京无轨电车公司的一个中层干部，一个地地道道的北京人，很接地气，他就带着我跟他一起吃派饭。为了不给老百姓增加负担，一天换一个地方，走遍了村子里各家农户。这样我就有机会观察他是怎样跟老

1966 年春，在山西襄汾县。

乡打交道的，进门、告别都说些什么话。发现他很善于与老百姓拉近距离，问寒问暖，口气很亲切，我就记在心里，悄悄地向他学习。

那次下乡时间虽然比较短，但我确实学到了不少东西。村里的老百姓对我们学生很好，很友善。下地的时候，教我用铁锹铲土，用铁桶到井边打水，在家里教我包饺子。原来我在自己家里从来没有动过手，没有下过厨房，现在开始有意识地从头学习做点家务事，还学习上炕、在炕上盘腿就座等。在炕上盘腿就座最初觉得很不舒服、腿麻，但后来也习惯了，坐在炕上和老乡们聊天儿、吃饭，都比较自然了。

另外还有个收获，就是学会了点儿北京话。北京话有不少特殊的方言用语，我一开始听不懂，不知道什么意思，后来就慢慢地掌握了，还用心模仿北京老百姓的口音腔调。回去后，有个朋友，也是干部子弟，很不解地说："你干吗用北京腔说话，土里土气的，应该用比较纯正的普通话才对呢。"我心想，不见得吧，我是在北京长大的，是北京人，为什么不学点儿北京腔？

第二次参加"四清"的时间就长了，总共有半年多，那次是在山西临汾地区深入农村。后来我还去过河北、湖北等地的农村，长期参加劳动锻炼。因为去的地方有南有北，所干的活计也就多种多样，割麦子、插秧、收稻子、摘棉花，都干过，也在菜地里、果园里干过各种各样的活儿。在湖北

1966 年春，北外“四清”工作队队员（左 1 我）和当地生产队队长（左 3）合影。

的时候，我们自己动手盖房子，到 18 里地以外的江边挑砖，一天来回走 30 多里地。现在年轻人可能会不理解，要问："为什么不用车去拉呢？这样不是很苦吗？"说实话，当时的农村条件、农田里的活儿确实比较艰苦，但我还很年轻，身体又不错，所以不觉得太苦，躺在床上睡一觉，第二天又有劲儿了。另外，我很明白，一定要克服所有困难，既然我决心要和大家在一起，那么大家干什么，我就干什么，不甘落后。有些活儿，比如说插秧，农村出生的同学干得又快又好，我呢，插秧的时候插不出一条直线，总是歪歪扭扭的，但毕竟也能弯着腰干一天。通过这样的锻炼，得到了同学们的认可，他们夸我干得不错，挺卖力的。我听到这些话，心里很高兴，终于把"洋小姐"这顶帽子给摘了下来。

回顾半个多世纪前的往事，现在可以说，经过长期的各种各样的磨炼，我最终在中国获得了自己的一席之地，找到了能发挥专长的领域，完完全全地融入中国社会之中。现在到了俄罗斯，不少人听到我讲地道的俄语，就常问我："您究竟是俄罗斯人，还是中国人呢？"我对这个问题早有一个明确的答复，毫不犹豫地说："我是一个有俄罗斯情结的中国人。"

# 妈妈的抉择

我决定回国，对妈妈也起到一定的推动作用。当然，主要还不是这方面的影响，更重要的是她自己，她对中国的感情、对爸爸的依恋，促使她做出了加入中国国籍的决定。经过努力，1964 年 9 月初，妈妈被批准入籍，拿到了正式文件。没过几天，妈妈第一次以中国公民的身份参加了北京市东城区人民代表的选举。妈妈从苏联国籍转入中国国籍虽然经历了一个艰难的过程，但是她就是这么一个人，只要她下决心走出了一步，她就要一直往前，决不走回头路。所以她加入中国籍以后，无论遇到什么情况、什么困难，她从不后悔，也从不退步。

20 世纪 70 年代，她一人到了山西运城，落脚在一个偏僻又封闭的小城市里，第一次有了一个真正了解和贴近中国老百姓的机会。妈妈自己后来讲，在这之前，她在中国已经

1975 年 8 月，妈妈在运城小院里和两个小邻居亚霞（左）、丽娜合影。

生活了二十多年，但局限于一个较小的圈子，上班时也就和北外的老师、学生打交道，他们都会讲俄语；下了班回到自己家里，很少有机会去同事们家里，更没有进过老百姓的家。在运城，妈妈住进棉花科学研究所（简称棉科所），他们给她安排了一个小院子，院子里用高墙围起来的，但可以自由出入。同院住的还有两个女孩子：一个是小护士，一个是图书馆管理员。她们很朴实，也很热情，经常帮助妈妈做一点事情，在院子里扫扫地，打点水，妈妈很快和她俩成了好朋友。

在棉科所，妈妈发现有许多人在内心里很同情她的遭遇。她当时在食堂吃饭，食堂管理员老肖就主动担当她的助手、生活顾问。那时候供应是很困难的，但他还是每次要问妈妈，想吃点什么东西，吃得合适不合适。他注意到，妈妈到了运城以后，不知什么缘故，连续几个月生活费没有发下来，妈妈只能在食堂里记账吃饭。老肖就说："这怎么行？几个月没有给一点钱。你应该给组织上反映一下，写封信吧。"妈妈很为难地说："怎么写呀？我不会写汉字。"老肖说："没关系，我帮你写。"他就到妈妈家里来，拿起笔起草了一封信。递上去以后，还真管用了，问题很快就解决了，从此妈妈每个月都能按时拿到生活费了。

在运城生活的那些年里，跟妈妈接触最多的是一些最普通的老百姓，比如农场工人、食堂的厨师、开卡车的司机等。特别是我把大儿子铮铮（俄语小名叫巴沙）送到妈妈身边之

1975 年，我带着儿子巴沙到运城看望妈妈。

后，妈妈和老百姓的接触交流就更多了。众所周知，中国人特别喜欢孩子，工人们看见妈妈在外边拉着小外孙散步或者出去办什么事，就主动向她打招呼，还要走过来摸摸孩子的头，问问孩子的情况。这下子相互之间就熟悉了，也就热乎起来了。

棉科所有一个大苹果园，到了秋天收苹果的时候，妈妈带着孩子在果园散步，女工们就会主动摘个苹果给孩子尝尝，还告诉妈妈一个信息说："咱们棉科所可以折价卖苹果给员工，你为什么不给孩子买一筐，让他冬天也有水果吃。"妈妈得到这个信息，赶快去申请，获得了批准，一大筐苹果就放到自己家里了。孩子要吃好一点，妈妈就设法给他买回来一只鸡，一看，还是个能下蛋的母鸡，就萌发了养鸡的念头。妈妈可从来没养过鸡，也不会垒鸡窝，怎么办？还是周围的邻居们过来热心地帮助垒好鸡窝，告诉她应该怎么喂养，从此妈妈就有了新鲜鸡蛋吃。冬天到了，要生炉子，烧蜂窝煤，妈妈也从来没有干过，也是老乡们教会了她，手把手地教她生火，传授技巧，怎么管好炉火，不让它夜间熄灭。

老百姓还真的把妈妈当自己人，给她一些善意的劝告和建议。有一次她在外边遇到一个老头儿，完全是农民模样的，妈妈主动向老大爷打招呼，老大爷却指着她说："你这怎么回事？天气变凉了，你还穿着裙子到处走，可要好好注意身体。你干吗不学咱们中国老太太，你看，她们都早早地把棉

1984 年，运城老朋友老肖（右 2）专程来看望妈妈。

裤穿上了，还用绳子系上裤腿，免得进风。你怎么不懂得这个道理？赶快把棉裤穿上吧。”妈妈一听，想起自己穿棉裤、系裤腿的样子，觉得有点好笑。但她明白这位老乡确实出自对她的爱护和好心才提出这些建议来，于是用真诚的口吻向他表示了谢意。

有一个邻居得知妈妈是搞外语的，而且不仅懂俄语，还懂法语，她儿子当时读高中，她就把儿子带过来说：“我这个孩子想学点法语，能不能教教他？”妈妈高兴地说：“没问题，当然可以了。”这个十几岁的小伙子就定期来找妈妈

1981年，中俄亲家和谐相处，抱着孙儿留影。

上课。授课完全是免费的、义务的，妈妈根本没想到要钱，有事做，能为周围邻居帮点忙，她心里就感到很满足了。

妈妈回到北京之后，这些运城的老朋友还时不时地来看望她。妈妈每次都热情地招待，坐在一起回忆往事，说说笑笑，是很高兴的事情。

当时我已经和我北外的同学刘和忠结了婚，他是一个工人子弟，父亲是铁路工人，母亲是农村妇女，非常朴实。妈妈回到北京后，我的公公婆婆也过来看望她，还和妈妈同住

妈妈自称是“醴陵的儿媳妇”，和父亲的同乡们建立了亲密关系。图为1988 年，在北京醴陵同乡家里聚会时，妈妈发表感言。

过一段时间。两位老人来自底层，识字不多，但具有劳动人民那种淳朴善良的本性。妈妈很尊重他们，诚恳相待，总是想方设法让他们在北京住得舒服一些，他们也对妈妈抱以真诚的尊敬，相处得很好。

回北京住进木樨地 22 号楼，妈妈通过和邻居们的关系深切感觉到她的确进入了中国圈子。在这之前和父亲在一起，有时候也出去走访一些老同志，当时妈妈汉语还不太好，话不大通，总觉得有些拘谨。现在就不一样了，这些年来她的汉语水平有了大大的提高，也完全适应了中国习惯，和邻居们的关系非常和睦，经常互相串门，逢年过节相互拜年祝贺，交往非常自然，也很放松。妈妈跟我说，她现在真正感到她是自己人了，感到中国就是她的家。有一次她和老朋友赵洵在一起聊天，那正是 20 世纪 80 年代初期，“出国热”的问题十分突出，很多人想离开中国到国外定居。妈妈看不惯，很不认同，她对赵洵阿姨说：“你看，怎么那么多的人都纷纷要去国外？可我一点想法都没有。”赵洵笑起来说：“你还出什么国，你不早就在国外了嘛！”妈妈这才恍然大悟地说：“真的，我都忘了自己在什么国外，觉得就在自己的国家里。”这些无意中说出的话真实地表达了她内心的感觉。20 世纪 90 年代我有几年在莫斯科工作，妈妈经常去看我和外孙们，我就劝她说：“趁我在这里的方便条件，你就不必匆匆忙忙回去，是不是可以在莫斯科多住一段时间？”但妈妈硬是不肯，说：“不，我要回家了，我想家，想回去。”看得出来，在她的心目中，中国就是她的家，她的家就在北京。

# 冰冻期过后的早春二月

大家都知道，中苏关系是于1989年实现正常化的。但在这之前的20世纪80年代初期，两国关系已经出现了缓和的苗头，恢复两国人员往来是一个早期征兆。在这方面打前阵的就是跨国家庭。20世纪60年代，当两国间出现了裂痕，有不少家庭被形势所迫，一分为二，一部分家庭成员留在国内，另一部分则回到苏联去了。此后二十多年来音信杳无，几乎完全失联。然而，亲人之间的感情难以中断，思念之情不易消除，一旦有了条件，就想恢复联系，找到自己的家人，看看自己的亲友。

木樨地22号楼，除了我们家之外，还有好几个类似的中俄跨国家庭，其中有师哲老先生，他的大女儿戴霞率先到北京来探亲。戴霞一直是在苏联成长的，曾于20世纪50年代初期来过中国，她担心父亲年事已高，渴望早点见他一面。

这次终于见到了老父亲，陪他住了一个多月，还见到了她少年时代的许多老朋友，令她十分高兴。在北京，戴霞跟着老父亲住在22号楼，就经常来我们家坐一坐，聊一聊。我还带她到北京一些地方参观游览，让她多了解一下中国。戴霞坦率地讲，中国的发展变化完全出乎她意料。出发前，她把中国的状况想象得很糟糕，在北京下火车时，心情相当紧张。可见当时两国人民因缺乏沟通，根本不了解对方国家究竟是什么情况，就像是生活在相隔亿万公里的不同星球上，相互变得十分陌生了。

戴霞来访，也触动了妈妈，她开始考虑是不是也应该回一趟莫斯科走走亲戚。妈妈心在中国，但也非常思念着二十多年来没有通信往来的亲人。这么长时间，莫斯科发生了很大变化，我们的亲友大部分都搬了家，原来的通信地址都不管用了，很难重新联系上。

1982年底，中国国际广播电台突然找到妈妈说，他们准备在元旦之际，向苏联听众发出新年祝贺，请一些对俄罗斯比较了解、有感情的人说一说心里话，表达友情。国际广播电台向妈妈提议，是不是也可以向自己的亲友发出问候。妈妈一听到这个建议，便马上答应，很认真地事先准备了一份俄语稿，内容主要讲的是一些家常事，还有我和雅兰的情况。她告诉亲友们，现在我们三个人都在从事俄语教学，工作安排得很好。妈妈还说，她已经有了两个可爱的外孙，日子过

1983年，师哲的长女戴霞（左1）来北京探亲，在赵洵（右2）家里和妈妈（左3）、林利（左2）、李雅兰（右1）亲切会面。

得很美满。她确实想让莫斯科的亲人们知道这些事情。到录音的时候，电台把妈妈接到录音室，妈妈录下音来，大约在12月底对外播放了。私下妈妈嘀咕着跟我说："我是录了音，但不知道听众究竟会有多少，咱家的亲友们能不能听到。"她觉得被亲友听到的可能性是比较小的。过了许多年，我才知道，居然发生了一个奇迹。我们家有一个跟我年龄相仿的远亲叫玛莎，她是音乐教师，平时工作很忙，没有时间听广播，但那天她恰好感冒发烧，躺在床上想消遣一下。她打开收音机，一些刺啦刺啦的声音冲进耳朵里，再仔细一听，好像有个特别熟悉的声音在讲话。玛莎贴耳认真去听，辨认出是李莎阿姨的声音。她高兴得不得了，不顾自己发高烧，跳下床来赶快跑到另一个屋里，高声叫唤着："爸爸妈妈，你们快来听，是李莎阿姨在讲话呢！"就这样，咱们国际广播电台成功地帮助妈妈向莫斯科的亲友们传达了这样振奋人心的信息。

莫斯科的亲友们，这些年来也一直在惦记着妈妈。因为听到各种各样的、耸人听闻的消息，还有各种各样的猜测，他们心里焦虑不安，曾经向国际红十字会递过寻人申请，但毫无结果。两国人员往来恢复以后，是常驻莫斯科的、林伯渠的女儿林琳把妈妈的通信地址转告给我的表哥和其他亲戚们，帮助我们恢复了通信联系。从此，妈妈经常给莫斯科的亲友们写信，并找机会相互捎些东西。我们这边捎去的多半是衣服和纺织品，因为苏联轻工业一直没有中国搞得好。而莫斯科的亲友给妈妈捎来她爱吃的俄罗斯特产，首先是黑面包，还有其他一些俄式食品。另外，我两个孩子当时都还小，莫斯科亲友就给他们送些玩具。现在听起来有点奇怪，因为当今中国是世界上最大的玩具生产基地，可在20世纪80年代中国玩具还是相当落后的，品种不多。记得，当时让孩子们最喜欢的是表哥托里亚送来的两只毛茸茸的大熊，国内当时还真看不到。孩子们先是发愣，接着就把大熊紧紧地抱在怀里不肯放下，上床睡觉也一定要带上。

有了通信往来，妈妈要回去看一看的念头就更加强烈了。可是那时候两国关系虽已开始解冻，但总的来讲，感觉还是如履薄冰，似乎一不留心，就不知会发生什么问题。可见人们的心里还是有顾虑的，也是比较紧张的，像我们这样的家庭更是如此。所以在和妈妈商量她回莫斯科探亲的事情时，我就建议，让我先去，等于给她探探路。如果平安无事，一切正常，那妈妈接着就可以过去了，我觉得这样才比较稳妥。

于是我先开始办手续，申请出国。当时出国旅游还没有开展起来，手续并不像现在这么简单，我花了十个月的时间才拿到出国护照。第二步就是申请入境签证。我拿着表哥发来的探亲邀请函去苏联大使馆，进到领事处小楼里面，看到那里布置得很温馨，有沙发、圆桌、茶几，像客厅似的，但感觉冷冷清清，空无一人。领事处的办事员、几个俄罗斯姑

1984 年夏，多年之后故地重游，我在莫斯科郊外看到可爱的小木屋，情不自禁地止步留影。

娘坐在那里，显得挺清闲，说明当时两国之间往来还是非常少的。我开口向她们打招呼，说明我来的事由。她们听到我讲纯正的俄语，立刻惊呆了，瞪着大眼睛看我，不知来的是何许人也，是不是从月球上掉下来的。过会儿她们才缓过神来，忙着接收我的材料。递交签证申请后，我又等了十个月，十加十，总共二十个月，也就是过了将近两年的时间，才把两边的所有手续办妥。

1984 年夏天，我和丈夫刘和忠，带上大儿子铮铮一起出

1984 年，两个表哥带我们游览莫斯科的名胜古迹，在著名的阿尔汉格尔斯科耶庄园合影。

发，前往苏联。我终于到了二十多年再没有去过的莫斯科，重新回到自小所熟悉的俄罗斯文化氛围，心情当然又兴奋又激动。我很愿意让儿子多了解一下俄罗斯，带他天天往外跑，去了红场、克里姆林宫，参观了莫斯科市区和郊区的许多名胜古迹和博物馆，各种文化活动也是很丰富的。当然，最多的还是和亲友们交往会面，大家对我的到访同样兴奋不已，热情款待，三天两头请我到这一家或那一家坐一坐、聚一聚，尝一尝家庭主妇亲手做的俄式饭菜。当时苏联有一个不寻常的现象，商店供应的食品很有限，品种不多，且经常缺货，需要排长队才能买到。但人们早已学会在商品紧缺的情况下，如何维持自己的生活，各家冰箱里储备着不少好东西。待客的饭菜总是很丰盛的：红鱼子、咸青鱼、各种腌菜、蘑菇、香肠等，当然还有香槟酒和伏特加。

除了看望妈妈娘家的亲戚们，我还见了不少小时候的朋友，都是和我一样的中俄混血儿。不同的是，我在中国成长，他们则在苏联长大。其中有北外老院长张锡俦的两个女儿，有我父亲的老战友张报的儿子瓦列里、谢唯进大校的儿子谢弥东，还去看望过一位老华侨、研究中国哲学的著名学者杨兴顺教授。这些老朋友和中国有着千丝万缕的联系，他们特别想知道中国亲人的情况，了解中国的现状，也都表达了对中国的强烈向往。

三个月后我回北京，而后妈妈就开始办理出国探亲手续，这次她用的时间就没有我那么长，缩短了不少。陪同妈妈去莫斯科的有我妹妹雅兰，还有我的小儿子季玛。为了方便妈妈探亲，学校给她特批了半年假。1986 年 8 月，妈妈动身去莫斯科的那一天，为她送行的人格外多。俄语系的老师们，大部分是妈妈的学生，长期和她一起工作，都愿意来送送她。为了照顾这种真切的愿望，学校专门派出一辆大轿车，把大家送到车站，保育院的很多老朋友也纷纷赶来。这么一大群人熙熙攘攘来欢送妈妈，表明了人心所向。人们为妈妈高兴，

1984 年，亲友纷纷在家里请客欢迎我们。

同时也为中苏关系趋向缓和感到欣慰，大家怀着这种心情把妈妈送上了“莫斯科—北京”的国际列车。

到了莫斯科后，同样有很多的人来欢迎她。妈妈在娘家的辈分很高，她是我姥爷最小的女儿，上面有七八个哥哥姐姐，这时都有了第三代甚至第四代了。这些年轻人妈妈还没见过，亲戚们也都愿意让他们认识一下妈妈。这一大家族加在一起有五十来个人，大家决定借机举办一次欢迎会，或者说家族团聚会，在著名的乌克兰饭店包下一个大厅。这么多人，谁来出钱呢？大家商定采取按人头凑钱的办法，每人交

1986 年 8 月，妈妈动身去莫斯科，几十位朋友、同事到北京站为她送行。

1986 年，基什金家族（妈妈的娘家）在莫斯科乌克兰饭店聚会，热烈欢迎妈妈到访。

5个卢布的份子。那时候5个卢布还真顶事，可以吃得很丰盛。但吃饭毕竟是次要的，最高兴的是大家能在一起相聚，叙叙旧、聊聊天，传达亲情，庆贺这一难得的大团圆。

此行除了莫斯科之外，妈妈还去了列宁格勒（现在叫圣彼得堡）这座美丽的城市。通过朋友介绍，出面接待她的是著名汉学家阿列克谢耶夫院士的女儿。阿列克谢耶夫是俄罗斯著名汉学家，第一部《汉俄大词典》的主编，当年他曾经请我父亲给他当过咨询顾问。院士的女儿热情欢迎妈妈，陪伴着她游览，让她尽情观看列宁格勒的美景。

妈妈把我的老二季玛带到俄罗斯，心中有个想法，要让孩子在那儿把俄语学好。到达莫斯科的时候，正好新学年即将开始，她就到处打听，把孩子送到哪个学校较合适。有人告诉说，莫斯科有两所为俄罗斯孩子开办的住宿学校，以汉语教学为重点，其中第十四学校，地理位置比较合适。妈妈心想，这样的学校应该欢迎中国孩子入学，但听说需要单位介绍信，妈妈就贸然去找苏中友协办理。当时那里她谁也不认识。进到苏中友协的办公室，出面接待的是一位女士，比妈妈年龄小一些，虽素不相识，却一见如故。这位女士的名字是嘉琳娜·库里科娃，现在从事中俄友好事业的人都认识她，2019年她被中方评为“中俄互评人文交流领域十大杰出人物”之一。妈妈那时候第一次和她见了面，库里科娃一听说妈妈有这个想法，马上表示愿意提供帮助，当即给妈妈开

1986 年 12 月，在中国驻苏联大使馆，李则望大使（中）及夫人（左 4）、李风林公使（左 3）等使馆人员招待妈妈和雅兰及其未婚夫瓦列里（右 2）。

了一封介绍信，还给校长打了电话。在她的帮助下，季玛顺利进了这所学校，一个学期的学习，对他熟练掌握俄语起了关键性的推动作用。

另外，莫斯科之行使我们家里发生了一件大事，也是一件喜事。我妹妹雅兰当时是单身，陪同妈妈在莫斯科走亲访友，见到了父亲的老战友张报的儿子瓦列里。其实，他们小时候都认识，但时间相隔很长，印象不深了。这次通过几个月的交往，瓦列里便主动向雅兰求婚，雅兰也欣然答应了。那时候我在北京还蒙在鼓里，有一天突然听到铃响，拿起话筒，原来是国际长途电话，这当时是非常稀罕的事情。听到妹妹的声音，我一开始吓了一跳，生怕妈妈生了病或者发生了什么别的事情。但妹妹告诉我说，打电话是要我找出她的离婚证明，事情还很紧急。我说："你要它干什么？"她这才说，她准备结婚了，那我当然非常高兴，赶快把有关材料帮她办妥，再设法寄过去。探亲时间快要到了，所有材料才凑齐，临走时雅兰和瓦列里正式办理了结婚登记手续，第二天就跟着妈妈匆匆上车离开了莫斯科，期待着瓦列里办好出国手续来北京。

就这样，1987 年 2 月份，妈妈结束了莫斯科之旅，满载而归，怀着深深的满足感回到中国来。

# 木樨地“俄罗斯之家”

1987 年初，妈妈快要离开莫斯科回国的时候，突然有当地《文学报》记者找到她。那时候《文学报》在苏联是广大知识分子必看的、很有影响力的媒体。记者恳切请求妈妈抽出时间来接受采访。虽然临走时事情很多，妈妈还是去了一趟报社。等她回国以后，看到《文学报》用了整整一个版面来介绍她的生平。从此，苏联国内有很多人了解到，中国还有这么一位原籍俄罗斯的著名教授。

而后不久，莫斯科电视台的摄影组来北京，要求采访妈妈，妈妈欣然同意了。摄影组来到木樨地，妈妈把我们全家人都叫来，参加了那一场拍摄，最后还请拍摄组成员坐在一起喝茶聊天。从那以后，中俄两国记者变成了家里的常客，他们发现妈妈的经历是宣传中俄友谊非常好的资源。只要有什么高级别访问，或者到中俄关系上重大纪念日的时候，记

1988 年，莫斯科电视台记者来家里采访。

者们便纷至沓来，让妈妈忙个不停。

关系缓和了，苏联媒体又陆续恢复驻京记者站，第一批来华常驻的是苏联《消息报》记者萨文科夫，他懂汉语，又非常喜欢中国文化。来我们家后，他写了一篇报道，题目是《木樨地“俄罗斯之家”》，刊登在《消息报》上。我觉得这种说法的确十分形象，又很准确。

20 世纪 80 年代，来中国的俄罗斯人根本不了解中国，有一种生疏感，在木樨地他们出乎意料地感受到俄罗斯文化氛围，产生如同回家的感觉，觉得非常亲切。有意思的是，不少人和妈妈交谈的时候，惊讶地说："哎哟，您的俄语讲得那么好！"妈妈觉得费解："我本来就是俄罗斯人，俄语是我的母语嘛。"人们进一步解释说："现在俄罗斯已经很少有人能像您这样讲这么漂亮、这么高雅的俄语了。"

随着中俄关系不断发展，来木樨地看望妈妈的人也就越来越多了，真可以说是络绎不绝。其中有多年的老朋友，也有素不相识的人，老朋友带着新朋友，老人带着年轻人，使我们家的朋友圈不断扩大。这三十年多年来过木樨地的究竟有多少人呢？现在让我一一说出名字来，确实记不起来了，只能讲一些例子吧。前不久我听到国内一位学者一个寓意深长的说法，我非常喜欢。他说，中俄文化关系中有一座桥、两座堡，这座桥就是中俄文化交流，由两座桥头堡支撑着，一方是俄罗斯的汉学家，另一方是中国的俄语学家。借用这种比喻，可以说这两头的人，都和我们家有由来已久的关系。父母还在苏联的时候，就和俄罗斯汉学界一些人士结交，其中波兹涅耶娃成为妈妈的知心朋友，她后来成为莫斯科大学教授，是专门研究鲁迅的著名学者，可惜早在20世纪70年代就过世了。1949年在北京，父母认识了时任苏联驻北京的总领事齐赫文斯基（他的中国名字叫齐赫文）。父母住进东单北极阁三条的新居，齐赫文斯基便带着夫人专门来祝贺乔迁之喜，而且按照俄罗斯的习俗，赠送了一大套精致的茶具和餐具。尔后几十年，这些餐具、茶具经历了不少风风雨雨，

1999 年，妈妈和齐赫文斯基（中）合影。

最后有幸完整无缺地放入了木樨地的碗柜里，妈妈很爱惜，只有贵客登门时，才拿出来用于招待。20 世纪 90 年代，齐赫文斯基多年后再次来家里拜访，妈妈就让我用这些茶具请他喝茶。这时候齐赫文斯基的夫人已经离世，他看到这套茶具，触景生情，引发了深切的怀念，回忆起当年和夫人在一起的日子。

20 世纪 80 年代以后，来访的汉学家越来越多了，有人进修，有人做访问学者，有人参加各种各样的会议等，他们都争先恐后地来看望妈妈。

其中有一位著名汉学家别列洛莫夫，中国名字叫稽辽拉。他有中国血统，父亲稽直是老革命家、老党员，据稽辽拉讲，还是我父亲在上海介绍他父亲入党的。别列洛莫夫生在苏联，上完大学后，致力于研究儒学，后来成为俄罗斯孔子基金会主席，在整个俄罗斯乃至国际范围内都是屈指可数的儒学专家，有“俄罗斯大儒”的美名。他不但学问博大深厚，而且在品行上发扬了中国优秀文化传统。他非常珍惜先辈的友情，见到我们总要提到他的父亲，强调父辈的革命情谊。他对妈

1985 年，苏联作家代表团访问北京外国语大学。图为妈妈和苏联作家谢苗诺夫、米哈尔科夫亲切交谈。

2010 年，著名汉学家别列罗莫夫向妈妈介绍他的新著作。

妈十分敬重，有一次带着刚出版的一本专著到家来，没想到 70 多岁的他捧着书突然间跪了下来，恭恭敬敬地把书递到妈妈手里。妈妈直发愣，连忙说：“那怎么行，快起身啊！”稽辽拉说：“应该的，这是中国的老传统啊。”妈妈十分感动。

沾了父辈的光，我与俄罗斯汉学家们的这份情谊得以传承下来。俄罗斯有一位汉学家德米特里・沃斯克列先斯基，又叫华克生，是莫斯科大学教授，研究中国现代文学，特别是老舍，有诸多成果。20 世纪 80 至 90 年代他来看望过妈妈，从此每当我见到他，他总要我向妈妈转达亲切的问候。前几年，我在莫斯科时，得知莫斯科大学要庆贺他九十岁大寿，我便闻风赶去，在庆祝会上代表全家向他表示了热烈祝贺。看到华克生先生身体硬朗，思维敏捷，我感到由衷的高兴。意想不到的是，华克生老先生已经听说我把《牡丹亭》翻译成了俄文，并说他很想看看这本书。当时《牡丹亭》俄文版首发式刚刚举办，我觉得没有把这本书主动送给华教授，是很大的疏忽，我马上想办法尽快通过他的学生，把这本书送到了老先生手里。

还有一位是圣彼得堡大学教授尼古拉·斯别什涅夫，他也有中国名字，叫司格林。他的身世与众不同，和中国密切相连，父辈是中国俄侨。司格林的童年是在北京度过的，从小学到中学一直上中国学校。我原来不认识他，20 世纪 90 年代陪着妈妈去北展剧场观看俄罗斯大型文艺团体演出时，远远看见台上走出来一位年龄较大的男子，用纯正的北京话开始报幕。我还以为是中国人，但仔细一看，怎么又觉得不像呢，高鼻子、蓝眼睛，哪里出来这么一位操北京腔的俄罗斯人？后来才听说，他就是大名鼎鼎的司格林教授。

再过几年，我听说司格林教授要来中国，就邀请他顺便在北外做个讲座。司格林先生很喜欢和学生交流，便马上答应了。原来我以为他要用俄语给学生介绍自己的翻译生涯，传授翻译经验，未料他讲了几句，突然问道：“我还是用汉语讲吧，可以吗？”我说：“那当然啦。”他马上转换成极为流利的汉语，浓郁的北京腔、俏皮幽默的语言、生动的表情，像讲相声似的，同学们听得一愣一愣的。他还时不时地开个玩笑，逗得学生禁不住哈哈大笑。楼道里走过的人听到教室里传来阵阵笑声，便停住脚步，悄悄地推开门来看一看，怎么会这么热闹？原来是听司格林教授的讲座，这种效果别人是做不到的。

再回到前面那个比喻来讲讲第二个桥头堡，也就是我们中国的俄语界，这边的关系当然就更不用说了。妈妈自己就是中国俄语界的元老，我也一直在俄语教学领域工作，国内的俄语老师、专家，还有一些青年学生都经常来我们家。就讲讲北外的汪嘉斐老师吧。20 世纪 80 年代，他在国内率先开始研究当代俄语口语，不是书本上介绍的口语体，而是交往中所用的活生生的语言。俄罗斯学者认为这完全是另一种语体，有自己的特色，汪嘉斐老师就想做个调研来核实一下。那时候在北京想找俄罗斯人是很困难的，汪老师就请妈妈帮个忙，说他想在自然交流环境下录录音，研究研究。妈妈请来以俄语为母语的几个老朋友，我们按照俄罗斯习惯，围坐在大桌边，一边喝红茶，吃俄式甜点，一边随便聊天，拉家常。汪老师带来一个大录音机，放在桌上给我们录音，事后很认真地整理出来。那时还没有电脑，只能一字一字地记录在纸上，然后拿给我们审订一下。我和妈妈核对记录稿，发现我

2001 年，汪嘉斐老师把俄罗斯著名语言学家拉普杰娃带到我们家来。

们日常用的的确不是书本上那种标准语言，不但是词汇，而且语法结构与俄罗斯文学作品的口语体也有相当大的差别，这是我们从来没有想到的。

国内研究俄罗斯的专家学者，也喜欢到我们家来。中国科学院世界历史研究所有一年定下一个课题，开展对苏联新经济政策时期日常生活的研究。学者们从交谈中得知我妈妈那个时候是十几岁的少女，住在莫斯科，对新经济政策时期印象很深刻，他们就表达了想拜见妈妈的想法。妈妈当时年事已高，但欣然同意了。那次会面的气氛非常融洽，妈妈兴致勃勃，滔滔不绝地回忆起自己的少年时代，讲了许多具体鲜活的日常生活细节，几位学者像着了迷似的入神聆听，感觉遥远的历史变得有血有肉了。事后妈妈开玩笑说："你看，我真成一个活化石了。"

20 世纪 80 年代末，中俄两国俄语界恢复联系，交往越来越密切了，不少俄语专家来家里做客。比如说，时任世界俄语教师协会会长的科斯托马罗夫第一次来中国访问，就现身于木樨地。来客时，妈妈一般都要细致考虑，如是常驻中国的俄罗斯人，她就安排用俄式菜来招待，以驱散其乡愁；如是刚来中国不久的人，就用中餐招待，让他们接触一下中国的食文化。所以那一次，妈妈叫我们拿出家里一个老式的紫铜火锅，安排吃涮羊肉，用北京传统方式款待这位院士，他是很高兴的。

渐渐地，中俄文化交流由一条溪水变成波涛滚滚的大江

2006年，俄罗斯诗人柯扎科娃在《亚洲铜——中国当代诗歌集》一书上题字。

河，范围越来越广，俄罗斯文学界、艺术界的目光也转向中国，于是木樨地客厅里出现了俄罗斯作家、诗人、导演、艺术家。其中有著名的女诗人柯扎科娃，她多次访问过中国，成为中国的好朋友，满怀热情地立志把中国当代诗歌介绍给俄罗斯读者。为此，她在俄罗斯到处奔走，主动找到赞助商，也找到出版商，把刘文飞教授编辑的当代中国诗歌集翻译成俄文在俄罗斯出版，取名《亚洲铜》。出版后，柯扎科娃再次来北京时，就把这本书郑重地赠送给了妈妈。

2007 年，在天津参加冯骥才先生（左 3）主持的国际研讨会，和俄罗斯汉学家司格林（右 1）、李福清（左 1）一起参观中国画展。

俄罗斯多才多艺的年轻作家阿尔汉格尔斯基一度和俄罗斯电视台合作，主持了几个节目，其中有《世界图书馆》节目。他在四大洲选择了四个历史悠久、富有声望的图书馆，去了巴黎、纽约、开罗，然后就到了中国，准备拍摄北京图书馆。经别人介绍，他到我们家来采访，邀请我参加拍摄，以随意交谈的方式在现场介绍北京图书馆的情况，还穿插着讲了一些家庭故事。

妈妈见到这些文化人，有许多话可说，跟诗人谈诗歌，跟作家谈俄罗斯文学话题，俄罗斯客人们纷纷向她介绍中国之旅的感想，询问她在中国的经历。每次交谈都是生动活泼的，富有深刻内涵。妈妈是木樨地“俄罗斯之家”的灵魂，她的精神感染了我们所有家人。妈妈很喜欢交际，喜欢了解外界信息，所以我们愿意把自己的俄罗斯朋友带到家里来。我的妹夫瓦列里也把自己的朋友，如著名芭蕾舞演员卡萨特吉娜、作家阿列什科夫斯基介绍给妈妈。我的小儿子刘铉（季玛）请他在莫斯科电影学院的导师、著名导演阿卜德拉西托夫到家来。每次有人来，妈妈总要带领全家一起热忱接待，这就成了我们一个家庭传统。

人与人之间的亲密交往促进了中俄之间的友好，这是实实在在的情况，不是说大话的。在妈妈的推动下，我们这种家庭传统从第一代传到第二、第三代，妈妈的木樨地之家实际上成了中俄文化交流一个别开生面的平台。

# 百年之路终成书

为了让人们更好地了解我父亲的事迹，妈妈做了很多的事情。20世纪80年代中央决定在湖南醴陵建立李立三故居，妈妈非常关心故居筹备工作，力所能及地提供协助，把我们家很多重要文物、资料统统地送给故居了。她也很愿意出去走一走，到我父亲原来工作过、战斗过的地方。例如1992年，她在我父亲老秘书李思慎的陪同下，带着我们家人一起去了西柏坡；1993年在莫斯科，妈妈和我一起去查看了父亲在苏联的档案资料，等等。

中外记者采访妈妈，提问最多的就是她和我父亲是怎么相识、相爱的，又是怎样在一起经历了各种各样的坎坷和磨难的。妈妈很愿意回忆这些故事，侃侃而谈，有时候能连续讲两三个小时。她给我解释说："我反复地讲这些，不是为了自己，而是为了让人们更好地了解你的爸爸。"为了讲得

1999 年，听妈妈讲那过去的故事。

更生动、又不失真，她选择用俄语去讲。其实她的汉语是很不错的，足以让她和人们交流，但她担心讲故事的时候，有很多生动的细节可能讲不清楚，所以她总是要把我拉到身边，让我给她当翻译。久而久之，我对这些故事，包括其中许多细节都掌握得比较清楚。

妈妈是很谦虚的人，总觉得自己就是一个认认真真的教书匠，老老实实地工作，本本分分地做人而已，没有什么特别。所以听到人们问她，是不是准备写回忆录时，她就感到有些意外，她跟我说：“我的一生难道还有什么了不起的？还值得写吗？”但是后来很多人反复提这个问题，她就意识到，人们确实想了解我爸爸和她自己的一些经历，而且这时候新的一代已经成长起来，很多人对过去了解得比较少，所以妈妈就产生了写书的想法。

一开始，她自己构思，并动笔开始写作。当时她还在工作，只能抽空用那一台老打字机一页一页地慢慢打出来。这部书大概有一半是用俄语写成的。但1996年，她突发重病，大冬天她还坚持上班，为北外老师们提供咨询。那天天气比较冷，她又去了，没有电梯，走到四层楼办公室时突然觉得很不舒服。俄语学院的领导马上叫来急救车，把她送到友谊医院进行抢救。当时诊断她是大面积心梗，多亏抢救很及时，闯过了这一关。痊愈后，妈妈意识到自己的年龄大了，感觉体力不如以前，就不再上班工作了，而她自己亲笔去写回忆录，也比较吃力了。另一方面，她又感到时间非常宝贵，无论如何要完成这部书的愿望比过去更为强烈了。这时我向妈妈建议：“你来口述，我给你录音，然后我帮你整理。”妈妈很高兴地答应了。

我列了一个大概提纲，开始这样工作。遗憾的是，因我当时也在教书，还一度担任俄语学院院长，各种事情都很忙，不能经常跟妈妈在一起，录音工作拖了很久，妈妈都有点着急了，经过几年的时间才算是把这一步完成了。

有了录音资料，我就跟妈妈商量一件事，说：“妈妈，

2008 年，妈妈在打字机前回眸往事。

你准备在哪里出书？先在俄罗斯出，还是先在中国出？”妈妈毫不犹豫地说：“那当然是先在中国出。”我觉得这是很正确的选择。但这样一来，等于又增加了我的工作量，因为妈妈最早用俄文写稿，后来又是用俄语口述，那么必须把她这些宝贵的回忆翻译成汉语，这样我又开始了另一个阶段比较漫长的工作。多亏当时北外的领导和外研社的领导听说妈妈在写书，马上表示支持，并说一定要由外语教学与研究出版社承担出版任务。这对我也起到了鞭策作用。书稿基本成

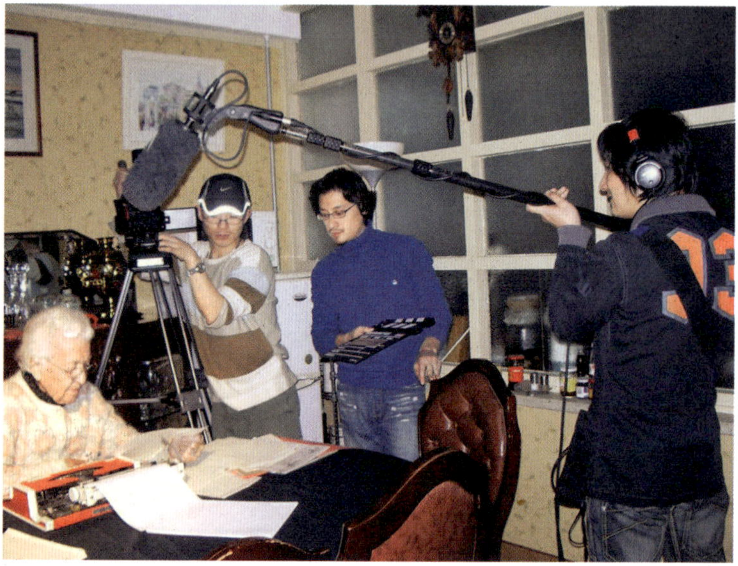

2008 年，刘铉拍摄姥姥写作的场面。

形的时候，我的小儿子刘铉又提出来，要以姥姥讲故事为主线，配合本书的内容拍一部纪录片。他以编剧、导演的身份组织了一个摄影组，开始采访妈妈。那时，妈妈已不能像过去那样讲很长时间了，但为了这本书，也是为了这部片子，她不顾劳累，坚持连续讲一两个小时，隔一天讲一次。刘铉用了较短时间完成了拍摄任务。除了采访妈妈，刘铉还采访了父亲的秘书、身边工作人员和生前好友，又去了醴陵故居等地方拍摄。我们家的老朋友黄元自愿充当音乐编辑，帮助

2009 年 4 月，人民大会堂新书发布会上，人人情绪高昂。

寻找相关的音乐素材。在多方的齐心努力下，这部五十多分钟的纪录片成功完成了，以光盘的形式附在妈妈书后，一起发行。

书名定为《我的中国缘分：李立三夫人李莎回忆录》。2009 年 4 月，书出版后在北京人民大会堂的一个大厅举行了隆重的首发式，有三百多人出席。其中有来自各方的领导，也有俄罗斯驻华大使拉佐夫，当然人数最多的是北外师生，还有很多妈妈的老朋友、老学生，有的还是从远方特意赶来的，国际保育院的哥哥姐姐们也几乎全体出席。大家都替妈妈感到高兴，向她表示祝贺。妈妈那时已经 95 岁高龄了，但那一天精神矍铄，情绪高昂，看到人们对她的真心爱戴，听到许许多多发自肺腑的祝贺，她感到特别幸福。尤其是到最后，北外俄语学院的学生，穿着俄罗斯民族服装，专门为她演唱了她非常喜爱的一首歌曲《伏尔加河源远流长》。伏尔加河畔就是妈妈的故乡，她听到这首歌，感到特别亲切，顿时热泪盈眶。

这本书出版以后，妈妈很长时间的任务就是赠书，并签字留念。妈妈送书的时候很高兴，不管谁要，她都一定要送。于是我们一箱一箱地买书，妈妈一本一本地签字。后来有人开玩笑说，这本书可能大部分都是由你们家买下的吧。当然不全是了，这本书很受读者欢迎，很多人都是通过各种正式的销售渠道购买的，但我们也确实赠送了不少。妈妈本来有些顾虑，不知自己能不能写好，因为过去没有什么写作经验，就是自己爱看书而已。结果很多人看完妈妈的回忆录主动说：“这本书写得真好，拿起来就不想放下。”有人翻开书后，一夜便把它看完了。这些并不是什么恭维话，都是发自人们的肺腑之言。我一直在想，没有写作经验的妈妈，为什么一出书，就会这样成功呢？我以为，主要就是她写书的原则，也是她一生中的一个基本原则，那就是不说假话，不虚张声势，坦白做人。无论自己动笔，或者给我口述的时候，她反复说明：“没有经过的、不了解的就不写；听别人说的，不能判断是否属实，也不写。总之，一定要写得真实、客观。”后来很多人看重这本书，主要是因为从中确实了解了不少真实故事。另一方面，妈妈因酷爱擅长描写人物心理的俄罗斯文学，自己写回忆录的时候，不单单要把事情写出来，还要把自己的心理活动也展现出来，能够让人们通过这本书看到作者的思想变化和情绪波动。这就给读者很生动、引人入胜的感觉，不仅能看到事，而且能看到人，看到真实的人，我觉得这是妈妈这本书的特点。

中文版成功了，但我知道，妈妈心里很愿意让俄罗斯读者也能看到这本书。因此她在中文版出版后不久向我提出来说：“你看，现在是不是可以考虑出俄文版了？”妈妈这句话，我一听就知道，这是给我们的一个任务，为此我们全家人又忙碌起来。首先由我重新把俄文稿子整理了一遍，然后交给

2009 年，妈妈把新出版的书赠送给俄罗斯大使馆文化参赞梅捷廖夫。

我的丈夫阿格诺索夫从头到尾审订了一下。他是研究俄罗斯文学的专家教授，与俄罗斯出版界有不少关系，很快联系了一家出版社。我的妹夫瓦列里是搞美术的，他主动承担了封面设计。我们还请著名翻译家、俄语界的泰斗高莽先生给妈妈的俄文版回忆录题了几个汉字——“百年之路”。现在俄罗斯出书要求自行提供出版费，我们很多的亲友主动伸出援助之手，凑齐了这笔经费，交给出版社。2013 年底，俄文版成功问世了。我们首先在北京俄罗斯文化中心向在北京的中

2018 年 5 月，李莎回忆录俄文版发布会在中国驻俄罗斯大使馆举行。俄罗斯读者反应热烈，纷纷排队等候签字。

俄两国朋友们介绍了这本书，接着又拿到莫斯科去，在莫斯科的中国文化中心举办了首发式，然后在莫斯科索尔仁尼琴俄侨文化中心又举办了一次新书发布会。连续搞了两次活动，因为想来的各界朋友很多，就像中国文化中心那么大的场所，也容纳不了所有想了解这本书的人。

可惜，第一版只有 600 本书，很快就一抢而光，不少人还继续向我索取，我却无法满足他们的心愿。俄罗斯有一家出版机构——尚斯国际出版传媒集团专门出版与中国相关的各种书籍，两年前这家出版机构主动建议再版我妈妈的回忆录，于是在 2018 年 5 月份，俄文第二版又在莫斯科问世了。这次新书发布会在我国大使馆教育处大厅举行，吸引了二百多名俄罗斯朋友，其中有老一代的汉学家，有年轻学生，也有妈妈的很多亲友，他们在会场上排起长队纷纷要我签字。我翻开这本书，心情格外激动，仿佛重新听到了妈妈的声音，看到了她那慈祥的笑容。我希望人们通过这本书能够更好地了解历史，了解 20 世纪复杂多变的国际关系和中俄两国人民之间的长恒友谊。

# 我的教学生涯

早在十几岁的时候，我就产生了和妈妈一样当老师的想法。1962 年我考上北京外国语大学西班牙语系，我非常喜欢西班牙语，学习成绩也很优秀。但后来分配工作的时候，我却被安排到北外俄语系，因为那时候没有苏联专家，俄语系缺乏以俄语为母语的年轻教员。

刚到俄语系时，我很留恋西班牙语，毕竟尽心尽力学了不少年，第一个感觉就是白学了，很可惜。但不久在俄语系产生了如同回家的感觉，俄语系大部分老师我从小就认识，过去还叫他们叔叔阿姨，现在他们还是把我看成一个小辈儿，很亲切地关心我，同时又尊重我。系里当时数我最年轻，年长的老师们经常来请教一些俄语方面的问题，使我感到意外。信任就是鞭策，我努力解答质疑，发现知识不够的时候，就赶紧查字典或其他相关资料，检验自己的语感。老师们这种

在北京外国语大学俄语中心介绍俄罗斯的汉学研究。

严谨认真、不耻下问的精神也确实教育了我，让我非常感动。另一方面，我在俄语系资料室里看到很多俄文报纸刊物，就如饥如渴地去阅读。当时已好久没有接触过俄文资料了，发现作为一名教师，自己的俄语知识还是不够的，发音也有所退步，应该重新学习。我准备了一个小本子，看到一些文学作品或报刊上的新词新语，就一一记下来，丰富自己的语汇。系里还有莫斯科广播电台的录音资料，我就借出来，边听边认真模仿俄罗斯播音员的语音语调。我认为，既然当老师了，就应该把最完美、最地道的俄语传授给学生。

20世纪70年代的俄语教材、教学资料是很缺乏的，俄语教学压力很大，老师们都是凭着职业道德，怀着对俄语的热爱来坚持工作的，自力更生编写教材、教学参考书和新的词典。那时我同时参加了两部词典的编写工作，这方面的工作量也是不小的。更缺乏的还是电影录像资料。怎么办呢？还是自己想办法吧。系里选择了生动活泼的儿童片《闪闪的红星》，让我把这部影片翻译成俄语，而后组成一个配音组，让老师们为这部电影配音。因为我年纪最轻，声音较细，就被指定给主角潘冬子配音。配音工作就在本系录音室进行，录音设备相当简陋，但大家热情饱满，全心投入，有表情、有感情地念台词，完全进入角色。

在教学方面，开始工作后第一个学期，安排我给十个班级上口语课，每个班级两节课，教学时间每周一共是二十个学时。下了课，我感觉口干舌燥的，但和学生在一起，又觉得非常高兴。后来，我又接受了低年级实践课的教学任务。印象最深的，就是20世纪80年代初给来自附中班，也就是有一定俄语基础的学生上实践课。那次经历对我来说是非常重要的，也是很宝贵的。那时候在俄语系和我一起工作的还有萧维嘉老师，他酷爱教学法，在深入钻研的基础上，把当时国际上最新颖的交际法教学引进课堂。我缺乏这方面的基础，很想在教学法上下点功夫，就主动要求到一年级去，和萧维嘉一起参加新的教学实验。我们在课堂上主要采用的是

在首都师范大学给师生传授汉俄翻译技巧。

对话、表演小品等互动方式，设计各种场景来进行言语训练，激发学生的积极性，目的是培养听说领先的俄语技能和自主学习能力。课堂气氛生动活泼，教学效果显著，学生很喜欢这种上课方式，课上课下积极配合，提高得很快，毕业以后个个成才。如今见了面，大家都怀念那些岁月。

按照北外的惯例，我从低年级到高年级，从本科教学再到硕士教学，逐步向上，最后承担了博士生培养工作。20 世纪 90 年代末，课程设置上推行多样化方针，我就率先为博士

我参加北外俄语学院的元旦晚会。

生开设了俄罗斯社会与文化、俄罗斯文化史等一系列课程，又开启了一个新的教学历程。没有现成的教材、教案，一切从头开始，也算是白手起家。

当时我就觉得，要讲俄罗斯文化艺术，光凭口头是不行的，必须有直观的教学手段，才能加深学生的印象，让他们看到俄罗斯的美丽风光、精美的绘画艺术品、宏伟的建筑，真正地体会什么是俄罗斯文化。可是 20 世纪 90 年代末，新的技术手段还没有进课堂，我只能把家底儿搬了出来，把一大摞的画册、明信片，甚至小摆设装进自行车筐里，带到教室来。家里的各种相册、画册不少，我总要选择最大的，因为把大画册高高举起，才能让全班学生看清楚。明信片就发到学生手里，从前排往后传，边听边看。俄罗斯民间工艺品，让学生拿在手里摸一摸，仔细看一看。慢慢地条件好了起来，有了投影仪、光碟机，我就在俄罗斯购买相关光盘，在课堂上放映。电脑、互联网的普及开启了新时代，我较早地开始学习做 PPT，为俄罗斯文化史这一课程准备了一系列 PPT。现在所需要的图片资料完全可以从网上下载，用不着去很费劲地把厚厚的画册搬来搬去，这是值得庆幸的。

最近二十年来，我在教学上是“两条腿走路”，一条腿就是刚才讲的俄罗斯社会与文化这些系列课程，另一条就是翻译课程。历史上，我们的翻译课程曾把重点放在笔译上，在中俄关系不断发展的新时代，口译人才的需求越来越大，口译水平也往往成为衡量一个俄语人的重要标准之一，越来越受重视。在这种背景下，北外除了传统的翻译课之外，又增设了口译和同传课，我很多年来一直承担着这些课程。

十几年前，俄方著名的莫斯科国立国际关系学院派来一个代表团到我们学校，主动提出与我校在培训翻译人才方面开展合作的建议。两校签署了相关协议后，俄方每年都要择优选拔一批学生到俄语学院来进修，重点放在提高翻译水平上。我建议让中俄两国学生合班上课，发挥各自的优势，取

2016 年，我为全国中学生俄语大赛的获奖选手颁奖。

长补短。课堂上，大家共同讨论各种翻译方案，共同研究如何纠正错误，像是个小型研讨会。实践证明，这种教学模式是卓有成效的，一是活跃了课堂气氛，更好地发挥了学生的主动性，提高了训练效率；二是，两国学生合班上课，除了学习上获益，还通过互助交流，推动了中俄青年之间的友好交往；可以说是带来了学习与友谊双丰收。

说实话，上了四十多年的课，然而每当要接触一个新的班级，或开始新的一轮课程的时候，心里还是免不了有些紧

又一批硕士生毕业了。

张，因为不了解新班级的情况，不知道所准备的教学材料是否适合学生水平，是否能获得预期的效果。但一进到教室里，看到青年学生在课堂上聚精会神地听讲，我的紧张感反而一下子就消失了。青年人的求知欲、勤奋学习的精神，对我是一个很大的鞭策，推动着我继续学习钻研，不断掌握新知识，跟上时代的步伐。

# 翻译是桥梁

得天独厚的家庭环境让我很早就接触到翻译工作。妈妈一生以教学为主，时不时地也做些笔译。对翻译工作，尤其是文学翻译，她也是很有喜好的。记得 20 世纪 50 年代末，她翻译了一本中国儿童故事，俄文书名是《我和父亲一起坐过牢》，由中国外文出版社出版。有了这样的译著，妈妈感到很自豪。她还参加了一些重要文献的翻译工作，1960—1961 年她被吸收参加《毛泽东选集》四卷俄文翻译组。那时候苏联专家都撤走了，妈妈在翻译组起到较大的作用。到 80 年代，她又参加了《周恩来选集》的翻译定稿工作。

父母对翻译工作的重视、他们专心致志的翻译精神深深地感染了我。还在上中学的时候，我就想以他们为榜样，试试笔，搞点翻译。大约是 1958 年暑期，我看到《人民文学》杂志上发表了一篇短篇小说，现已记不得作者的名字，只记得一些主要情节，写的是一个年轻八路军战士和一个农村姑娘之间的爱情故事。浪漫的色彩、优美的语言打动了我，我就想试试把这篇小说译成俄文。当时身边没有打字机，当然更没有电脑了，只能拿起笔来手写，密密麻麻地写了好几页。这篇翻译上的处女作根本没有考虑发表，也不好意思拿给爸爸妈妈看，只是当作随心练笔，后来也就丢失了。

20 世纪 70 年代，我开始在北外俄语系工作后，重新接触到苏联报刊，喜欢读一些中短篇小说。有一次，我在《青春》杂志上看到《这里的黎明静悄悄》作者鲍里斯·瓦西里耶夫的新作，题目是《未入军册》。小说内容是苏联卫国战争初期保卫布列斯特要塞的英雄故事，可歌可泣，催人泪下。我受到极大的震撼，随之产生一个不可遏止的动力，把这篇小说译成汉语。工作之余我花了不少时间，明知当时根本没有发表的机会，也从未闪现发表的念头，就是完全沉浸在翻译中，好像是一种精神享受。

独自完成这部中篇小说的翻译，增强了我的自信，20 世纪 80 年代我就发表了一些当代苏联文学作品的译文。不敢说翻译得多好，但在 1987 年，中国作家协会设立名叫“桥梁”的奖项来奖励青年翻译的时候，我也被列入三个获奖人的名单中。记得当时颁奖的环境、仪式都很简朴，不在什么豪华的场所，也没有太多的人来参加，到场的却都是老一代著名翻译家。在他们面前，我更加感到自己的翻译水平非常有限，

1987 年，中国作家协会将“桥梁”奖赠予我们三位年轻的翻译。

很不够格，简直无地自容。当时这个奖项没有任何奖金，就是定制了汉白玉拱桥形状的大型纪念品，赠予我们三位年轻的翻译。接过来，第一个感觉就是太沉了，有点拿不住，也不知道这么一个大家伙该往哪儿放。后来仔细琢磨才明白，桥梁的确是翻译工作一个非常恰当的象征，可以引发许多许多的联想，体现了翻译的意义与独特作用。我想，假如没有翻译的辛苦工作，地球上的人们就会变成一盘散沙，无法相互沟通，也就不可能相互理解了。

中俄关系实现正常化，尔后进入快速发展轨道，翻译实践的机会越来越多了。从那时起，我经常参加口笔译和同声传译的工作。

1987 年，苏联教育部派出代表团来华，20 多年后在教育领域中举行第一次高级别会谈，意义是比较重大的。我国教育委员会国际处通过北京外国语学院临时把我调去担任翻译，这也是我第一次参加正式翻译工作。中苏之间已经多年没有接触了，要谈的事情很多，第一轮会谈持续了 5 个多小时。双方不停地讲，我也就不停地翻译。会谈结束后，得到了中俄双方的夸赞，他们说："你翻译得又快又准确，为我们节省了一天的工作时间。"但我回到家里，感觉简直一点劲儿都没有，头昏眼花，蒙头躺在床上，连饭都不想吃了。第二天，中方在人民大会堂宴请苏联来宾，苏联代表团团长和我国教委各位领导席间继续谈话，我一句都不敢漏掉，也就不敢开口吃饭，只喝了几杯水。回到家里，妈妈问我："人民大会堂设宴，吃了些什么？"我说："妈，我一口也没吃，饿得不行，赶快给我吃点东西吧。"当然，以后这类场合多了，就学会翻译和吃饭两不误，人家开口说话的时候，自己赶快吃点儿好嚼的东西咽进去，不影响翻译，基本上再也没有出现宴会后饿着肚子回家的情况。

第二年，我国教委代表团回访苏联，我以代表团团员的身份随行。出发时我就有点感冒，当时还不觉得什么，但在飞机上越坐越觉得不得劲儿，嗓子失音，眼看快说不出话来了。我一路什么也没吃，仅喝开水，还是没有止住病情。第二天马上要会谈，我生怕发不出声来，那可糟糕了。下了飞机，我们住进莫斯科的北京饭店。那是一栋老式建筑，洗澡间里还是黑铁铸成的、又大又深的浴缸。我就赶快往里面放热水，热到冒气的程度，灌满后钻进去泡澡，更准确地说是“烫澡”。采取这样的极端办法，第二天我感觉好了些，虽然嗓子还有点嘶哑，但总能说出话了。

这次访问任务完成后，代表团团长朱开轩破例给了我一个意想不到的奖励。他说：“英男，现在我们还有半天的自由活动时间，你就不用陪我们了。我知道，你在莫斯科有不少亲友，就给你放半天假。”我高兴坏了，因为那时候出访纪律是很严的，不能自行外出活动。我非常感谢朱部长给了我这么一个难得的机会，赶快去探望了一些亲友。

20 世纪 90 年代以后，我更多地转入汉译俄的翻译工作。此时，国内新一代翻译人才发展起来了，俄译汉领域大有人在，汉译俄人才则比较短缺，我觉得可以在这方面更好地发挥自己的专长。

我的妹妹雅兰这时也开始搞汉译俄工作。当时我们姐妹俩都和妈妈住在一起，经常同桌翻译，她有她的任务，我有我的任务，有时还携起手来接受翻译项目。有一年中俄友协在陈昊苏会长的主持下，编辑了《中国当代诗歌六十首》一书，

在木樨地家里，我和雅兰忙于翻译。

我和雅兰连同其他几个人一起把这本诗集译成了俄文。我们俩还一起翻译了当代著名诗人吉狄马加的两部诗集，先后一道参加了青海、西昌诗歌节、诗歌周，和来自俄罗斯及其他国家的诗人建立了友好关系。

我认为，文学界的交流和交往是非常重要的，既需要加强文学作品的互译，也需要中俄两国的作家、诗人等文艺人士到对方国家多走走、多看看，交上朋友。文学是一个引领思想、陶冶情操的重要手段，尤其是中俄都是文学大国，有

在莫斯科国际书展上与王蒙先生（左）、俄罗斯作家波里亚科夫共同参加座谈会。

深厚的文学艺术传统，文学界、文艺界的来往能够很好地推动两国人民的友谊，促进民心相通。

在这方面，我印象很深的是2006年北京国际图书博览会上俄罗斯第一次成为主宾国，这引起俄方重视，想好好地准备一下。那时我刚跟我的现任丈夫阿格诺索夫结婚不久，他是研究俄罗斯现代文学的教授，在俄罗斯文学界可以说是小有名气的。我们俩结婚的消息很快在俄罗斯文学圈里传开了，俄方负责筹备参展的负责人找到我的先生告诉他说，俄方准备派去一个阵容强大的俄罗斯作家代表团，在办展期间举办各种各样的文化交流活动，想请我们夫妻俩一起协助做些安排。我的先生提了一些建议，如要注意中国的风俗习惯，也应该给中俄作家提供更多的交往机会，等等。俄方听得很认真，后来也都一一地接受了。此外，很重要的是解决翻译问题，我们通过北京外国语大学俄语中心组织北外师生担任交传和同传。俄方对我们翻译团队的工作很满意，有人说，我们参加过不少国际图书展，觉得这次的翻译工作做得特别

2006 年，北京国际图书博览会上，我与丈夫阿格诺索夫（左）、翻译家高莽合影。

2017 年，昆曲《牡丹亭》在莫斯科中国文化中心首演。

出色，比其他地方都强。我听了当然很高兴，也为我们的团队感到骄傲。

在笔译方面，很重要的一件事就是古典名剧《牡丹亭》的翻译。《牡丹亭》被收进《大中华文库》汉俄对照翻译项目中。《大中华文库》是国家重大出版工程，基本上涵盖了中国历史上最重要的文化、历史、哲学、经济、军事、科技等领域的经典著作。此前，我参加过《大中华文库》中《道德经》的翻译工作。《道德经》在俄罗斯已有十几个俄语版本，出于对前辈翻译家的尊重，我挑选并推荐了俄罗斯现有版本，并将这本书的序翻译成俄文。《牡丹亭》就不一样了，我仔细查了一下，发现俄罗斯两个多世纪以来，虽然翻译了大部分中国古典名著，但至今还没有《牡丹亭》完整的俄文译本，只有一些片段翻译。这是很大的遗漏，《牡丹亭》这部不朽名著应该让俄罗斯读者去全面了解。

《牡丹亭》的翻译是严峻的挑战，难度非常大，毕竟我的古汉语底子是比较薄弱的，花了两年多的时间才完成任务。时间虽长，但让我学到不少东西，领略了中国古典文学之美。2015 年莫斯科国际书展期间，举行了《牡丹亭》汉俄对照版首发式，我有机会面向俄罗斯读者介绍这部汤显祖的巨著。在莫斯科外国文学图书馆，我又专门做了一次讲座，希望俄罗斯人了解这本书的历史背景、重大意义和文学上的贡献，让这部中国古典名著在文化交流中发挥应有的作用。

# 吻手礼

2005年4月底，苏联卫国战争胜利60周年纪念日即将到来的时候，俄罗斯驻华大使馆在使馆大厅里举行了盛大的招待会。在那次招待会上，罗高寿大使受俄罗斯联邦政府之托，给27位曾经在卫国战争中做过贡献的中国人士授予“伟大卫国战争胜利60周年”纪念章。第二天，首都报纸都报道了这条消息，还在非常显著的位置刊登了一幅彩色的大照片。照片上，德高望重的罗高寿大使弯下腰，恭恭敬敬地向我妈妈致以吻手礼。从妈妈的表情来看，她是喜出望外的，很优雅地把手抬起来，让大使吻她的手背。吻手礼是俄罗斯一个古老的传统，表达对高贵女士的敬重，是一个很高级别的礼仪。罗高寿大使是富有外交经验的杰出外交家，又是一位为推动中俄关系发展做出重大贡献的友好人士，他用这种方式表达了对妈妈的敬重，更加突出了妈妈在中俄文化交流方面

2005 年 4 月，时任俄罗斯联邦驻华大使的罗高寿先生向妈妈恭敬地致以吻手礼。

的作用和贡献。

说起妈妈与卫国战争相关的嘉奖，那一天授予她的还不是她获得的第一枚奖章。第一枚是战争刚刚结束不久，1945 年夏天由苏联政府颁发的，表彰奖章获得者卫国战争期间在后方的忘我劳动，妈妈与千千万万苏联国民一起获得了这一奖章。这一普及性的铜制奖章，妈妈十分珍惜，因为看到它就能想起卫国战争时期的日日夜夜，想到和她一起在后方工作的普通人民。离开苏联的时候，妈妈舍不得把这枚奖章留在莫斯科，随身把它带过来了，一直保存在身边。另一枚使她为之自豪的奖章是普希金银制奖章，是由世界俄语教师联合会颁发的最高奖项，表彰妈妈在俄语教学方面所做出的贡献。这两枚奖章是妈妈最喜爱的，而且觉得受之无愧，因为她确确实实付出了很多。

除此之外还有不少其他嘉奖，例如，1999年恰逢俄罗斯伟大诗人普希金200周年诞辰，中国举办了许多庆祝活动。时任俄罗斯文化部部长西多洛夫特地来参加，在俄罗斯大使馆以俄罗斯文化部的名义把普希金诞辰200周年纪念章亲自

2009年3月，妈妈95岁寿辰，家人们把奖章别在她的衣服上，合影留念。

授予妈妈。

妈妈在后半生成了中俄关系中的文化名人，各种各样的奖项纷至沓来，收获颇多。获奖总是让人高兴的事情，但妈妈丝毫没有虚荣心，也不喜欢炫耀。她通常把这些名目繁多的奖章收藏起来，放在自己的书桌里，除了领奖那一天挂在胸前，此后从不拿出来，也不经常提起它。2009 年，她 95 岁生日的时候，有几位亲戚从莫斯科远道而来向她祝寿，我们异口同声，动员她把收藏的奖章拿出来，并一起动手，把奖章别在她的衣服上，给她拍下了很难得的一张相片。

妈妈是不讲究形式的，不管是什么，一个亲切的微笑，一束花或者是一封贺信，只要是表达爱戴和敬重，对她来说都是很珍贵的，会给她带来喜悦，让她感到自己的一生不是白过的。俄罗斯驻华大使馆派代表到家里来祝贺妈妈的寿辰时，她尤其高兴，因为这是来自家乡的问候和认同。

2014 年，妈妈百岁那年，在上海福寿园举行了我们党早期领导人的铜像群揭幕仪式。这一铜像群里也有我父亲和妈妈在一起的双人铜像。妈妈看到有关照片后，很幽默地说了一句："真没想到，我现在就变成一座铜像了。"

几十年来，我和妈妈一样从事俄语教学。难得的是，我也获得了和她一样的嘉奖。妈妈被授予普希金银制奖章后，过了几年我也获得了同样的奖章。我觉得，母女双双获得俄语教学方面的最高荣誉，这种例子恐怕还是比较少的。

2006 年，“洗奖”仪式。

还有几个与授奖相关的难忘场面。2006 年，俄罗斯政府给我颁发了一个奖章，也叫普希金奖章，同名不同义。这是政府级的奖项，表彰获奖者在中俄关系、中俄文化交流方面的贡献。那天和我一起受奖的还有其他几位中国文化界人士，其中有一位好朋友是来自青岛的诗人毛秀璞，受奖后，他跟着我来到家里。妈妈说，应该按俄罗斯传统礼仪来庆贺一下。那天晚上桌上摆出来的都是一些俄式菜肴，我们还打开一瓶俄罗斯香槟酒斟满高脚杯，按照俄罗斯风俗搞了一个“洗奖”

2009年，中国俄语年活动闭幕会上，接受俄罗斯总理普京的颁奖。

仪式。这个仪式是很有意思的，说洗就是真正要洗，把奖章先是高高举起，再把它郑重地放进酒杯里涮一下，最后还要把这杯酒喝进去。这个礼仪，有庆贺的意思蕴含在其中。

更为难忘的是2009年，即中国的俄语年。那年10月，俄语年进入尾声时，北京举办了大规模的闭幕仪式，俄语界几千人云集人民大会堂大厅，大家兴高采烈，如同过节一样。我一开始没有和大家一起在大厅就坐，而是随同其他五位俄语专家教授，被单独领到另一个厅里，让我们就地等待，说是普京要亲自出席闭幕会，会前要给我们颁奖。那时普京担任俄罗斯总理，负责这方面的工作。我们6个人在那里等了一段时间，普京果然来了，把我们一个个陆续叫到他跟前，每人发了一本精装版的大辞典。这部辞典是很有来头的，在俄罗斯历史上赫赫有名，是19世纪著名语言学家达里编写的，收集了很多民间词汇，记载了俄语发展的轨迹。除了这本厚厚的大辞典以外，普京还发给每个人一个圆乎乎的金制奖章，设计独特，别出心裁，正面刻有每个人的名字，背后刻的是象征中俄友谊的图案。这个嘉奖珍贵在哪里？我觉得，就珍贵在它与我们所做的俄语教学工作直接相关，是我们整个俄语界的荣耀。

# 夕阳红——我的跨国婚姻

我的老同学、孩子的父亲刘和忠，因长时间患慢性病，英年早逝。多年后，我结识了现在的老伴儿付拉季米尔·阿格诺索夫。他是俄罗斯人，原来是莫斯科师范大学教授，又是俄罗斯联邦功勋学者。因为名字较长，在中国一般用他姓氏第一个字，简称为阿老师。

我们俩是在 1998 年认识的。那年我们春节之后第二学期刚开始，我就听说院里来了一位俄罗斯专家，是专门研究俄罗斯当代文学的，正给硕、博士生讲课，水平很高，讲课讲得很好。他讲的专题是俄罗斯侨民文学，在当时是很新颖的课题，国内基本上还没有人研究。我自己了解得也很少，就产生了去听听课，充实自己知识的想法。于是，我就和硕、博士生一起开始听阿老师的课程。

听了一两节课后，我对阿老师的印象是很好的，觉得他

阿老师看望妈妈。

知识丰富，讲课生动活泼，引人入胜，学生特别爱听。再说，他又是个风度翩翩的男士，很有修养。我们开始以同事的身份有所交往，在交往过程中，我一直悄悄地观察着他，发现他不仅学识渊博，而且人品也好，待人热情慷慨，又善于交际，很有幽默感。我请他到家里来，他认识了我的家人，妈妈对他这些优良品质给予了好评。妈妈很喜欢幽默风趣，又热爱俄罗斯文学的人，所以他俩谈得很投机，妈妈经常向他了解当代俄罗斯文坛一些动向，询问有什么新书、新人，共同话题是很多的。

阿老师对妈妈非常钦佩，真诚相待。后来我了解到，他原来是独生子，长期和母亲相依为命，母亲晚年时，他百般孝敬照顾，直到送终，我是很看重这一点的。另外，阿老师和学生的关系非常融洽，他非常爱护、真心帮助学生，很愿意把自己所有知识都传授给他们。头一次来中国讲学，就和学生交上了朋友，课下经常请他们到家来解疑，毫不吝惜自己的时间。学生们以真诚感情相报，陪同阿老师到北京各地方参观游览，帮他解决一些问题，在生活上给予照顾。师生情谊深，阿老师回国后，和学生的这种感情也没有中断，一直延续到今天。当年的学生现在已变成二十多年的好朋友了，不少人已成长为教授、学者，他们的关系已上升为思想和学术上相互交流、相互提携的同行。

阿老师第一次来中国时，学生们得知他是独身，我当时

2017年到阿老师故乡，参观马格尼托哥尔斯克钢铁厂。

也是一个人，便私下悄悄议论，阿老师和李老师很般配，如果他俩能结为一对就好了。当然，在老师面前，尤其在我们俩面前，他们是不敢开口直说的，只是心里有这么一个美好的想法。等我们两人正式结婚以后，学生们才把这件事透露出来。

我和阿老师从同事变为朋友，然后走向婚姻的道路是比较长的，不是一朝一夕的事情，而是花了好几年的时间。阿老师于1998年讲完学回莫斯科后，我们一直通过互联网联系，保持学术和事业上的交流。比如说，他当时给高年级中学生

2003 年，我与阿老师在索契“祥和之座”上留影。

编写一部《儿童文学百科全书》时，约我给他投稿，撰写有关中国文学的词条，让俄罗斯的青少年读者了解中国文学史概况和主要名著。对我写出的稿件，他表示比较满意，我感到是一种鼓励。后来阿老师又连续几次来北京讲学，我们又有了直接交往的机会，逐步加深了彼此的了解。我越来越发现，我们有许多共同语言，两人小时候看的都是同样的书，所喜爱的是同样的诗。有时候，他开口背诵一些诗句，我就马上接上，把下一句念完。我们经常不约而同想到一起，出现同样的意念。思想上的一致性、性格上的互补性是我们两人结合的一个重要基础。

当然，我们当时都不是青春少年了，要考虑的事情也比较多。当初我去莫斯科，以一般朋友的身份来看望他，他把一些亲密朋友也请来，一起吃饭聊天，还有几次邀请我一道去看望他的一些老朋友。事后他告诉我，他是有心这么做的，就是想看看这些老朋友对我的评价如何，是不是喜欢我。结果，这些朋友都一个个地说我这个人还是不错的，给予肯定。我问他："假如你的老朋友不能接受我，你会怎么样？"他说："如果他们不接受你，我可能就会另有考虑了。"这是他当时一些真实的想法和顾虑。

从我这儿来说，我也有自己的一些顾虑。因为我不情愿离开中国，而且妈妈当时还健在，我不能舍弃她。使我感到宽慰的是阿老师对中国有感情，他很喜欢中国，和中国的同事、学生的交往没有任何的隔阂，对中国的历史文化也十分感兴趣，愿意看一些相关的俄文书。他用较短的时间，把中国古典四大文学名著都看完了，其中最喜欢的是《西游记》。第一次来中国时，他就喜欢上了吃中餐，就是一开始不会用筷子，为了不丢脸，先在家里努力练习，练好了才敢与我们学校的老师一起吃饭，于是得到了他们的夸赞。他很欣赏中餐，愿意吃辣，甚至觉得中国的二锅头比俄罗斯的伏特加还可口。所以我就想，阿老师在中国生活不会有什么问题，这就让我比较放心了。

莫斯科亲友送给我们俄罗斯民间风味的小挂毯，象征着相依为命，白头偕老。

2005年，我的小儿子刘铉结了婚，之后我在莫斯科，把办婚事的一些情况讲给阿老师听。没想到，他听完后，说了一句："咱们办婚礼，不用请这么多人，简简单单就行了。"我很吃惊，怎么突然提起婚礼了？我问他："你这是什么意思？是向我求婚吗？"他说："就算是求婚吧！"我们两人的婚事就这样定下来了。

我们商定在北京登记结婚。阿老师特地来见妈妈的时候，做了一个出人意料的举动。走到妈妈跟前，他猛地跪下来，恭恭敬敬地对她说："叶丽萨维塔·巴甫罗夫娜，请允许我和您的女儿结婚。"跪着向女方父母求婚是俄罗斯的古老传统，当今社会早已绝迹。妈妈面对这种场面，不知所措，慌了手脚，喃喃地反复说："这该怎么办？我该说些什么呢？"妹夫瓦列里赶快提醒她："妈妈，您不用说别的话，快为他们祝福吧。"妈妈这才醒悟过来，抱住我们俩，预祝我们幸福美满。

2006年2月6日是我们登记结婚的日子，那天早上下起鹅毛大雪，北京街头被白雪覆盖，那美妙景色如同莫斯科的冬天。我穿上中国传统的红色小丝袄，阿老师穿上黑色西服，戴上红色的蝴蝶结。我们俩在儿子儿媳妇的陪伴下，前往北京涉外婚姻登记处，办好相关手续，高高兴兴地领取了中华人民共和国结婚证。

时间过得很快，一转眼我们俩结为夫妻已经13年多了。

2012 年，在杭州参加国际诗歌节同台演讲。

现在回顾这一段历史，可以说我们俩的生活比过去更加丰富多彩了，还真的有了跨国性质，在中俄两国之间频繁走动。阿老师经常来中国讲学，我也常去莫斯科陪伴他住一段，我们俩一起参加中俄两国的学术研讨会和其他一些文化交流活动。写文章的时候，我写好先给他看，他写好了就给我看，我们互相审订，相互提意见，最后形成定稿。去年我们还试着合写了一篇学术报告，题目是《帕斯捷尔纳克在中国》，发表在俄罗斯斯摩棱斯克大学帕斯捷尔纳克学术研讨会上，受到与会者的欢迎。这是我们两人一种新的合作方式。

遗憾的是阿老师不懂汉语。第一次来中国的时候，他已年过50，觉得自己年纪大，学不好，也就放弃了。另一个原因，我想就是依赖性，他常说，你在我身边，是我的耳朵和舌头，我再学也不如你翻译得好。阿老师用俄语给俄语硕士生、博士生讲课自然毫无问题，一旦听众范围有所扩大，就需考虑了，此时我们俩采取一起上台的办法，把“独角戏”变为“二重唱”。记得第一次是在湖南举办普希金研讨会的时候，安排阿老师给当地学生的讲座，他选择了《普希金与果戈理》这一题目。这两位俄罗斯文坛巨人的交往有不少幽默故事，

全家福。

2018 年，身穿中式服装出席“友谊勋章”颁授仪式。

阿老师很愿意让学生能完全听懂，于是把我也拉上了讲台。我翻译的时候，他在一边观察着听众反应，听到学生该笑的时候真的笑了起来，就放心了，知道我翻对了。通过这次测试，他对我的翻译产生了信任感。

后来这种情况就比较多了。例如，有一年莫斯科大剧院到北京演出，带来新版本的柴可夫斯基歌剧《叶甫盖尼·奥涅金》。国家大剧院做了不少准备工作，为了让观众更好地了解这部不朽巨作，深入领会《叶甫盖尼·奥涅金》的剧情及原著思想，邀请阿老师到国家大剧院做一次讲座。在这种情况下，当然我得陪着去，帮他翻译，让听众满意，最后达到了比较好的效果。

除了这样的夫妻合作以外，我们俩还经常出席中俄两国举办的各种规格的友好活动，其中规格最高的就是 2018 年习近平主席授予普京总统“友谊奖”的仪式。我国设立“友谊奖”之后，第一枚勋章颁发给了普京总统，习主席在人民大会堂亲自主持授奖仪式，场面是极为隆重的。我们两人应邀以嘉宾身份出席，是很大的荣幸。我们事先认真考虑了应该怎么着装，当然要穿上最漂亮的节日服装，我选择了一件中式绣花旗袍，阿老师决定配合我，也穿上了一件缎面中式上衣。没想到，他这种着装别有特色，吸引了不少摄像镜头，在电视台的新闻节目中多次出现。仪式结束后，我们俩在现场拍下一张合影，为的是留住这一值得记忆的历史时刻。

# 民间交流拉近民心

最近一些年，中俄文化交流日益频繁，形式趋向多样化，推动着两国各界人民增进友谊，加深理解。我有幸经常参加各种民间文化交流活动，成为我生活中十分重要的内容，也留下了许多美好的回忆。

我的老伴儿阿格诺索夫，即阿老师，是莫斯科作家协会成员，对于莫斯科作家协会我们国内原来不是很熟悉。苏联时期原有苏联作家协会，即“作协”这么一个统一机构。苏联解体后，发生很大变化，出现了若干个作家组织。其中一个名叫“俄罗斯作家协会”的团体率先与中国作协建立了联系。一开始有人以为这个团体代表了俄罗斯全国作家，其实它只是许多作家协会中的一个，莫斯科作家协会并不是俄罗斯作家协会的下属组织，而是一个独立团体，有很多著名作家参加。阿老师认为，应该让这些作家也有机会了解中国，

2006 年，陪同俄罗斯作家代表团参观北京大学，和著名作家马卡宁（左）合影。

和中国同行们建立友好关系。为此，他做了不少努力，在中俄双方的推动下，2006 年 9 月，莫斯科作家协会代表团访华计划终于成行。我和阿老师协助他们安排了这一行程，并且全程陪同。

代表团成员有六七名老作家，访问了北京、西安、哈尔滨等城市，与中国作家、文学研究家、青年学生等进行交流、举办座谈会等，参观了不少历史文化古迹。他们通过这次访问大开眼界，对中国的印象焕然一新，对中国辉煌的历史文化和今日的飞速发展赞不绝口。旅程中有一件具体事情，更使他们感到亲切温暖，增进了对中国的友好感情。当时代表团从北京坐飞机抵达西安，下了飞机去领行李的时候，有一位作家库尔恰特金意外发现自己的箱子在装运过程中被摔坏了，摔得还不轻，里面的衣物全都散开了，没法再把箱子锁上。库尔恰特金很尴尬，不知道该怎么办，我就对他说："咱们去找有关部门，提出交涉吧。"他很怀疑地说："那有什么用？能行吗？"我说："咱们试一试吧。"我就带着他去找相关部门，那边的工作人员了解情况以后，二话没说，就给他换了个箱子，而且让他自己选一个。我们俩进库房，看见里面放着各式各样、大小不同的旅行箱，这位俄罗斯朋友看得眼都花了，最后选中一个和原来差不多大小的箱子，高高兴兴地领出来。整个事情办理得很顺利，我们很快回到代表团队伍中去，其他成员又惊又喜，替自己的同事感到高兴。坐上面包车，这些俄罗斯作家们都异常兴奋，情绪高涨，有人提出来说："咱们以小皮箱失而复得的内容，每人来编个故事吧，讲给大家听。"就这样，我们在前往宾馆的路上，开了一个别具一格的故事会。作家们尽情施展才华，创作激情霍然迸发，每个人所讲的故事都与众不同，风格各异，有的编出浪漫动人的情爱故事，有的编出像福尔摩斯侦探小说似的富有悬念的内容，还有的讲了惊险曲折的探险故事。大家一路兴致勃勃，笑声不断，气氛非常热烈。我也没想到，区区一件

2006 年 9 月，陪同莫斯科作家协会代表团游览西安名胜古迹。

小事会给大家带来那么多的乐趣，加深对中国的良好印象，成为俄罗斯作家们终生难忘的中国记忆。

民间交流中，人们的心情是非常重要的，因为人际交往总是要讲感情的，跨国交往也是如此。2015 年夏天，有一个不寻常的民间代表团踏上远途，奔赴俄罗斯。代表团的成员都是些白发苍苍、七八十岁的老太太，最小的也有六十多岁。她们穿戴很普通，说话带有浓厚的西北口音，要是仔细看看她们的长相，却会发现与众不同的特点。原来她们都是来自新疆的俄罗斯族老人，父辈是旅俄老华侨，20 世纪 30 年代曾带着自己的苏联妻子和孩子们回国，从中亚进入新疆，在那里扎根定居。老太太们从小跟着母亲在家里学会俄语，养成了许多俄罗斯族传统习惯，血管里流淌着两个民族的血液，心里融合了中俄两国人民的文化。但因历史原因，她们到了六七十岁，却没有再去过俄罗斯，一直怀有这一生中看一眼母亲故国的梦想。

今天，中俄关系发展到最好时期，她们的愿望终于实现了，在多方支持和赞助下，人们为她们安排了这次“俄罗斯族母亲团寻根”之旅。我和阿老师也提供了一些力所能及的帮助，作为先遣队从中国到莫斯科去迎接，陪同她们去俄罗斯国际合作署，拜访了国际合作署领导。老太太们访俄期间游览了很多的名胜古迹，去了莫斯科的红场，也去了圣彼得堡。她们心情十分激动，含着眼泪用纯正的俄语对我们俩说：

2015 年，俄罗斯族母亲团来到中国驻俄罗斯大使馆。

“没有想到还能到莫斯科来，我们真幸福！”还有人说：“我两岁的时候，爸爸带着我们一家人回国，现在我总算回到自己出生的地方了，也算是替妈妈来看看她的家乡。”讲的话很朴实，又十分感人。我国驻俄罗斯大使馆获悉后，李辉大使虽然很忙，但为这个特殊的代表团敞开了大使馆的大门，并亲自出面来欢迎这批老人，听取她们的感想，并安排她们参观大使馆花园和迎宾大厅。老人们齐声欢呼：“祖国好！中俄友谊万岁！”她们在使馆大厅里唱起了中俄歌曲，以孩子般的热情手拉手地跳起舞来，形成这次访问的一波高潮。

民间往来能擦出艺术创作的火花，这方面也是有故事的。我有一位好朋友，俄罗斯人，叫伊琳娜·扎哈洛娃，她是学艺术史的，多年来在莫斯科普希金艺术博物馆儿童教育中心工作，擅长儿童艺术教育。她的先生是外交官，她就以家属身份来中国，在北京连续生活了许多年，对中国的文化艺术产生了非常浓厚的兴趣，成为她一生中的挚爱。其中她最大的爱好，就是收集研究中国的民间玩具。为此，她走访了中国许多民间艺术中心，结识了很多很多的民间艺人、能工巧匠、艺术家、学者等中国朋友。

有一次伊琳娜打电话来说，她想组织“中国儿童画俄罗斯童话故事”这样一个专题活动，希望我帮帮忙，我就陪着伊琳娜去了北京的少儿艺术班，还有儿童活动中心等地方。伊琳娜给孩子们讲俄罗斯民间故事，我帮她翻译成汉语。伊

我和伊琳娜给孩子们讲俄罗斯童话故事。

琳娜讲得有声有色，她善于抓住儿童的兴趣点，吸引孩子们的注意力，还加些手势、表情来激发孩子们的兴趣。我们俩在讲台上，就像是在演双簧戏似的，配合得比较好，孩子们听得入迷，听完纷纷提问题，气氛很热烈。接着，伊琳娜安排孩子们根据故事情节现场画画。五颜六色的儿童画，质朴天真，而且很有创意。伊琳娜回国后，在莫斯科组织了几次对应活动，题目是“俄罗斯儿童画中国童话故事”。最后，她把中俄儿童画作收集起来，先后在两国举办画展，吸引了

在伊琳娜绣品展上和儿子刘铮留影。

很多的孩子、家长和各界人士前来参观，体现了两国儿童的友谊。

我觉得伊琳娜的新点子特别多。有一次她来到我们木樨地家里，吃了饭以后突然说："我有个想法，希望得到你们的支持。"我说："什么想法？"她说："我想用布艺的形式把汉字文化展现出来。"我还没弄明白怎么个展现法，伊琳娜随即从包里拿出一块长布说："请你们题个字，我把它绣出来变成绣品。"说实话，我们家里没有一个人练过书法，可是盛情难却，我们简单商量了一下，根据刘铉的提议，决定写个"家"字。伊琳娜非常赞成说："对，你们这一家是中俄文化合璧的家庭，很有特色，而且家风又这么好，就这么定了吧。"我们推出刘铉做代表，在这块布上用粉笔写出了"家"字，然后我妈妈和其他家人都在上面签了字。伊琳娜把这块长布小心翼翼地卷起来拿走，在家里一针一线地绣出来，模仿中国的书法作品制成布艺品。伊琳娜不仅向我们家索取过题字，还提请许多中国名人、文化界人士题字，最后制成各式各样、形式新颖的布艺品，在中国和俄罗斯先后都办过展览。我觉得这是很有创意、别具一格的艺术活动，确实为中俄民间文化交流增添了不少光彩和崭新的内涵。

# 俄语是我们家的传家宝

自从妈妈于 1946 年来中国，俄语作为我们的家庭语言，一直延续到现在，而且从第三代已经传到第四代人了，有人说这是比较少见的。

根据我自身的生活经验，我一直认为，语言培训对幼儿教育是十分重要的，可以开发儿童的智力，也为孩子认知世界多开了几扇门窗，而且年龄越小，掌握外语的本事就越大，学得很快，又不费力。所以准备生老大的时候，我就和孩子他爸爸商量说："我想让孩子从小掌握两种语言，咱们就这样吧，你跟孩子说汉语，我跟他说俄语，就是这么简单。"说简单，其实也不是很简单，因为那时候还是外语无用论盛行的年代，对俄语更是有不少成见，但孩子他爸爸在这方面还是很开明的，他马上同意了。

儿子一出生，我给他起了一个俄文名字叫保尔，就是中

1994 年，季玛（左 1）在莫斯科中学毕业，我和巴沙在毕业典礼上与他拿影留念。

姥姥给外孙季玛读俄罗斯童话故事。

国人很熟悉的保尔·柯察金的名字，还有一个小名叫巴沙。我和小巴沙交流，从第一天起，就全部用俄语。抱在怀里的婴儿，能和他交流吗？其实做母亲的都知道，抱着孩子，都要对他说说话，唱唱歌，稍微长大以后，指着一些东西教他学话。这一切我都是用俄语做的。小巴沙开口学话是相当快的，八九个月的时候，就已经喃喃地掌握了不少俄语和汉语的单词，混着讲。长到一岁多的时候，就弄清哪儿是哪儿，很自然地把两种语言分开了。

在孩子的语言教育方面，妈妈起了很大作用。1975 年她到山西运城后不久，我把小巴沙也送过去了，巴沙成了他姥

姥姥最喜欢两个外孙陪她玩多米诺骨牌。

姥最忠实的伙伴，整天形影不离。姥姥用俄语和他说话，给他讲故事，念一些俄文儿童书。

半年之后，我再次来运城看望妈妈的时候，就发现小巴沙已能非常流利地用俄语表达，话还很多，整天说个不停，还能背诵一些俄语儿童歌谣，让姥姥和我自己非常开心。

回北京以后，妈妈仍然坚持家里的俄语教学，那时老二刘铉已经出生，也有了俄语名字叫季玛，妈妈对他也采取同样的教学方法：说话、讲故事，抱着他打开俄语儿童书，让他看图说话。

巴沙读小学的时候，妈妈就开始给他上课，让他认俄文字母，叫他拼读写字。坦白地说，这个教学任务是很不容易的，需要很大的耐心，妈妈有时候忍不住抱怨说：“你看，我教了几十年的书，还从来没有遇到过这么坐不住的学生！叫他坐下来上课，他就马上开始打哈欠。”不管怎么样，妈妈和我还是坚持下去了。为了激发孩子们学习俄语的兴趣，绞尽脑汁想了不少办法。那时候我有好几个朋友都是俄语教师，而且都当上妈妈了，都愿意让孩子们学俄语，我们就利用星期天组织家庭儿童班上课，做了分工，轮流备课、上课。我们一致同意，形式一定要活泼多样，不能采用像在学校上课的那种办法。课上，我们教孩子们学唱俄语歌曲、朗诵俄语诗歌，做各种俄语游戏，边玩边学，在欢快轻松的气氛中学习俄语。

元旦之际，木樨地家里召开了新年联欢会。我们几个年轻母亲事先帮孩子们准备了一些俄语节目，有朗诵，有唱歌，还有舞蹈、小品。我们在家里摆好新年树，准备了糖果，邀请了一些其他朋友和邻居的孩子一起参加。孩子们化了妆，穿上各种各样的漂亮服装，戴上头饰，又唱又跳，玩得很热闹。多年后，还经常回忆那些幸福时刻。

老二季玛学习俄语的情况和哥哥巴沙是不大一样的，我们家里一直用俄语和他说话，他都能听明白，就是不肯开口。十岁时，姥姥带他去俄罗斯，安排他到寄宿学校上了一个学期的课。回北京时，在车站上一下车，他跑过来抱住我，用

1982 年，家庭新年晚会上，孩子们演唱俄罗斯歌曲。

流利的俄语喊着："妈妈，妈妈，我真想你！"我简直不敢相信自己的耳朵，高兴死了。从此以后，他也开始用俄语和我们交流，而且很愿意继续学习。

1989年，我把两个孩子带到莫斯科，准备安排他们就读俄罗斯中学，这时我所操心的侧重点转到汉语上了。火车经过蒙古进入苏联境内，在西伯利亚大地上奔驰的时候，我就选择了这个时刻，郑重地对孩子们讲："你们看，我们已经进入俄罗斯语言文化环境，今后你们在这里主要讲的是俄语，这一点我就放心了。但现在要远离祖国，远离中国的环境了，千万不能忘记汉语，不能忘记中国文化。咱们就彻底改变一下家庭习惯吧，从此以后改用汉语说话。"说罢，我就立刻开始讲汉语。在火车上那几天，孩子们还有点儿不大习惯，一开口，出来的是俄语，我每次都要提醒他们，慢慢地也就习惯了。在莫斯科的那几年，我们一直坚持在家里用汉语交流，我也注意让孩子们多看些中文书，每年暑期安排他们回国，在中国环境中住一段时间。这样最后结果是，这两个孩子既学好了俄语，又没有丢掉自己身为中国人的认同，没有忘记汉语，对中国文化保持了深厚感情。

记得，刚到莫斯科不久，季玛在学校时，来了一位外国艺术家，组织孩子们随意画些画，季玛也参加了这个活动，画了两只熊猫，并用中文签了名。这些儿童画后来被烧成瓷砖，在莫斯科最热闹的阿尔巴特步行街筑成富有特色的瓷画

1990 年，我和季玛在莫斯科阿尔巴特大街瓷画墙旁留影。

墙，上面也有我儿子画的熊猫，为这堵墙增添了中国元素。

两个儿子读完中学，又在莫斯科上了大学，这时候我就先行回国，又回到北外的讲台上。几年后，孩子们也陆续回国，选择在中国工作，在中国发展。经过摸索我最终发现，有双母语、双文化的背景，还是以俄语为工具最适合他们发挥自己的特长和优势。老二很喜欢电影艺术，在俄罗斯主动要求转到莫斯科电影学院导演系。回国后，拍了几部纪录片，并在中国著名导演吴天明和俄罗斯著名导演谢尔盖·巴德洛夫的指导下，先后参加了两部大型故事片的拍摄，一部是吴天

2005 年，季玛在《蒙古王》的拍摄现场。

明的《牛虻》，另一部是巴德洛夫的《蒙古王》，跟着这些大师们学习了很多东西，既用上了自己的专业技能，也发挥了语言方面的优势。刘铉拍摄的《追求爱情万里行》大型纪录片制作完成后，他把它制成俄文版，送到莫斯科“境外俄罗斯人”电影节上放映，获得了普遍好评，被授予了两三个奖项。这些年来中俄电影合作日益广泛，发展迅速，在这种有利形势下，刘铉也抓住机遇，积极努力，发挥自己的潜力。

再说说我的大儿子刘铮，他在中俄文化交流中，也找到了自己的空间和适宜的角色。刘铮在语言方面有天生的才能，除了汉、俄以外，后来又学习了英语和日语，学得还比较轻松。回国后，他参加了汉译俄的笔译，诸如《我的父亲毛泽东》《我的伯父周恩来》《我的父亲任弼时》等系列书籍的翻译工作。大约二十年前，又开始从事同声传译。最初还是我有心想培养一个接班人，就让他一起搭伴担任同传。说实话，他第一次出场的时候，还有些拘谨，放不开，但做起来以后，很快进入角色，深深地爱上了同声传译这个专业。因为真喜欢，就认真去琢磨，这些年来他仔细研究了同声传译的语言

我和巴沙是同传老搭档。

2014年在北京俄罗斯文化中心，小丹尼（中）和俄罗斯小朋友一起参加演出获奖。

转换规律、发声原理等这些较特殊的学问，把自己琢磨出来、学到的东西用于实践，很有成效。

近二十年来，我和刘铮经常作为同传搭档一起走进翻译室。大家知道，同传是需要轮换的，会场上不可能一人从头坚持到尾，译员一般二三十分钟换一次。起初，我把麦克风交给刘铮后，坐在他身旁仔细听着，心里还有些紧张，甚至有时还替他捏一把汗，但后来我感到他翻译得越来越顺畅，就慢慢地放下心来，不再听了，坐在那里闭目养神。更让我高兴的是，他在俄译汉方面走到了我前面，语言不但准确而

我和孙儿丹尼在俄罗斯美术展上。

且很漂亮，因为他爱看古书、钻研中国传统文化，典故成语运用得非常到位，让我甘拜下风。我们两人合作总是很愉快，也每次能获得人们的点赞，甚至有人说，这是“中国同传最佳组合”。我想，为了不辜负这种荣誉，我们还要不停地下功夫。

作为母亲，我为儿子们的成就感到自豪。我还有一个小孙儿，俄文名字叫丹尼，他也在慢慢成长，现在还是个小学生，汉语和俄语都比较流利。课余时间，他参加北京俄罗斯文化中心的表演班，和俄罗斯、哈萨克斯坦等国家的孩子一起上台演出，也参加过俄罗斯文化中心举办的儿童朗诵会，用俄语朗诵普希金诗歌。当然这只是个开头，后面的人生路程还很长，需要加倍用功地学习提高。

我的两个儿子现在常说：“感谢姥姥、感谢妈妈教会我们俄语。”我希望将来孙儿长大，也能说出这样的话来。希望俄语在我们家里代代相传，继续为中俄友好事业服务。